COLLECTION SÉRIE NOIRE
Créée par Marcel Duhamel

Parutions du mois

2641. LE TUEUR DU CINQ DU MOIS
(MAX GENÈVE)

2462. POULET CASHER
(KONOP)

2463. LE CHARLATAN
(W. G. GRESHAM)

2464. TCHAO PAPA
(JUAN DAMONTE)

KONOP

Poulet casher

nrf

GALLIMARD

1

Jamais, je ne me suis couché de bonne heure et, pour cette raison, la suppression des places assises dans les trains de nuit me semble une monstruosité. J'étais fait pour les grands express qui promenaient leurs salons baroques à travers l'Europe et me voici, sur une couchette de seconde classe, dans le train corail Paris-Vintimille. Enfin, sur une couchette... Cette espèce de planche tient plutôt de l'étagère, je suis donc à ma place, moi Samuel Benamou, inspecteur expédié au placard. Il paraît que c'est pour mon bien, que c'est beaucoup plus peinard qu'une de ces affectations glorieuses qui vous mènent tout droit dans un tiroir de l'institut médico-légal. Au moins, les tiroirs, ça tangue pas comme une voiture corail !

Je ne peux pas rester bien longtemps dans cette petite boîte saturée de gaz carbonique. L'air se raréfie dans le compartiment, je suffoque en dépit de mon long entraînement dans un commissariat aux cages pleines d'ivrognes, de clochards, de petits macs, de vieilles putes et de travelos aspergés de parfums vendus en grande surface. Mais un commissariat, c'est autre chose. Des fois, il y a même des fenêtres ! La couchette du milieu, en seconde classe, n'a strictement rien à voir avec l'idée que je me fais du train. Une nuit en apnée. Si la police se conduisait pendant les gardes à vue comme la SNCF au long des voyages nocturnes, il y aurait des campagnes de presse, des pétitions et des manifs. Je n'ai jamais vu qu'on enferme un innocent dans une pièce surchauffée, avec des odeurs de chaussettes, de slibard et de Kronenbourg. Ni que l'on force, de surcroît, le malheureux à rester allongé sur une largeur de quatre-vingts centimètres avec moins de cinquante centimètres d'espace vital dans la hauteur.

Pour dix heures de voyage, le quart de mètre cube partagé en six, c'est un peu jeune comme ration d'air. Il faudra aussi que l'on me présente le phénix du service marketing, celui qui a décrété que les voitures bar-buffet ne sont pas rentables dans un train de nuit dont les passagers sont totalement desséchés au bout de cent kilomètres.

Une nuit avec une demi-bouteille d'eau minérale tiède, c'est une forme de torture autrement plus redoutable que la célèbre lampe à extorquer les aveux.

J'ai tout essayé, sur cette putain de couchette ! J'ai tenté de lire. Mais quant à orienter tout à la fois la loupiote et les binocles en restant allongé sur le dos, c'est une autre histoire. Il avait pourtant l'air parfait, ce roman dégotté sur les quais ! Un truc plein de comtesses fantasques, jouant au whist avec un général en retraite. Mais rien à faire. La SNCF se fout des efforts du ministère de la Culture en faveur du livre. Je sais maintenant que je ne quitterai plus ce couloir jusqu'à l'arrivée à Nice. Par chance, le wagon est bien orienté, la fenêtre du couloir donne sur la mer, et c'est pour la regarder longuement que j'ai préféré le train à l'avion.

Je ne le regrette pas totalement. J'ai écouté les grincements du train, senti chaque tour de roue. J'éprouve une sorte de volupté à me laisser glisser, doucement, vers le midi, en marquant les étapes, comme les voyageurs du Train Bleu. J'aime les quais déserts de Laroche-Migennes, j'ai voulu un train avec arrêt à Laroche-Migennes, Dijon, Chalon-sur-Saône, Mâcon, Lyon-Perrache, Valence, Avignon, Arles... Les stations... Mes yeux se sont fermés, pendant le long arrêt de la gare Saint-Charles, à Marseille. On sent quelque chose dans cette gare. Une impression. Un lever de soleil invisible. Un bruit de foule. Des gens qui s'en vont bosser à Fos-sur-Mer ou à Aubagne. Et puis, lentement, ça repart, dans l'autre sens. Quelques faubourgs. Des montagnes.

Le service mini-bar est intervenu à ce moment-là et j'ai droit à un incomparable gobelet rempli d'une eau bouillie et vaguement teintée de noir. Le café selon la SNCF provoque, comme toujours, une rumeur chagrine de couloir. Une dame ravalée de frais se met à évoquer le petit déjeuner du Train Bleu. Ça date visiblement d'une époque assez lointaine, quand elle ne craignait pas de voir son lifting craquer au moindre coup de frein. En ce temps-là ses amants lui offraient des wagons-lits de première classe, et les locomotives à vapeur accompagnaient les ébats de leurs souffles et de leurs sifflets. Ah moi, monsieur, j'avais un tempérament de chemin de fer ! Oh, c'était juste après la guerre... Et peut-être même avant, à bien la regarder. Pas de sa faute si elle ne se souvient plus du nom du bal perdu...

Le couloir se charge de nostalgie, le train est bondé

de souvenirs qui sortent de toutes les bouches... Les gens se souviennent de la Pacific 231 crachant sa fumée noire en direction de l'azur immaculé. Pour moi, ce n'est qu'une vague image, sous les voûtes de la gare de Nice. C'est vrai qu'il sifflait encore le train, vers la fin de la guerre d'Algérie. Ça me prend aussi. C'était en... Je crois que Richard Anthony chantait déjà. Il y avait des Suédoises sur la côte, des baraques de bois sur les galets, vers le Cros-de-Cagnes. C'est surtout le bateau que j'entends siffler ! Une voix râle. On va quand même pas s'arrêter à Bandol ! Si, monsieur, Bandol ! Après ça, on fait un pied de nez aux frères Lumière, on méprise la gare de La Ciotat, prochain arrêt Toulon. Pas même un pompon rouge sur le quai ! Un groupe de matelots en civil vocifère « zéro-zéro-zéro ! ». J'essaye d'atteindre la portière pour respirer une minute, mais rien à faire...

Mes souvenirs remontent, tandis que se dessine un paysage jadis familier. Des rochers, des pins, la mer ! Elle était au nord, la mer, quand j'étais môme. Je prenais le tram, jusqu'à la plage. Je ne payais jamais, vu que mon vieux, il le conduisait, ce foutu tramway d'Alger. Je me souviens de l'époque où les soldats fouillaient les passagers “musulmans”. Elle est loin, la plage d'Alger, au temps des premiers bikinis et des chansons de Paul Anka. Je n'ai pas dansé le rock bien longtemps, là-bas. Au temps du twist, j'avais déjà débarqué de ce côté-ci. Elles n'étaient peut-être pas si suédoises que ça, les filles, dans les rues d'Antibes, mais je n'avais jamais vu tant de blondes. Vu d'Alger, le midi, c'est pas le sud.

L'idée de retourner vivre au bord de la Méditerranée ne m'avait jamais effleuré ! Elle est là, pourtant, et tous les efforts des promoteurs demeurent impuissants à masquer sa splendeur. J'ai vécu sans elle depuis si longtemps ! Il y a, sans nul doute, des rougets et des mérous qui regardent passer les trains ! L'administration, dans son infinie miséricorde, me renvoie vers l'azur !

En demandant ma réintégration dans la police, je n'ai même pas songé à mettre une ou deux villes de la côte sur ma feuille de vœux. On voulait bien me reprendre à la boîte, cela suffisait à mon bonheur ! C'est ma vie, la police nationale. Je ne suis pas du genre « privé ». Je suis tout ce qu'il y a de plus laïque, obligatoire et presque gratuit. J'appartiens au mobilier national. Mes trois ans dans le privé ont été un cauchemar. J'ai dirigé l'équipe de sécurité d'une banque, enquêté discrètement sur la solvabilité des clients. C'est pas de jeu, le privé. On regardait à la loupe les chèques et les factures carte bleue, pour tout savoir sur le client. Pourquoi dépense-t-il tant d'argent au restaurant, pourquoi ce chèque dans une boutique de lingerie féminine, et celui-ci dans une bijouterie ?... Tous les coups sont permis. Je me suis barré de la banque quand ils m'ont demandé de placer des écoutes téléphoniques dans une entreprise dont les liquidités fondaient à vue d'œil. Alors j'ai fait un an à mon compte. La cata, complète. Le flagrant délit d'adultère, c'est terminé. Mes clients, c'était plutôt le genre patron cherchant des renseignements sur les candidats à l'embauche. Avant de recruter un cadre, on regarde tout : les signes du zodiaque, la date des premiers attouchements et le rapport de moralité fourni par le détective privé.

Ça m'a tellement débecqueté que j'ai filé au 36, quai des Orfèvres. Ils m'ont repris tout de suite, avec reconstitution de carrière. Ils n'avaient rien de mieux à me donner qu'une sorte de service des affaires classées par la PJ de Nice. Un placard, dans une annexe délabrée de la préfecture, près du marché aux fleurs. De jolis petits crimes empilés avec des sacs de lavande sèche. Il faut un regard frais sur tout ça, à ce qu'ils disent.

Le rapide Paris-Vintimille prend son allure de tortillard. Sainte-Maxime, Fréjus, Saint-Raphaël, Théoule-La Napoule, Cannes, Antibes-Juan-les-Pins... Juan-les-Pins ! Quand on a débarqué, en 62, on a créché par là, dans un bungalow réquisitionné... Comment c'était, cette vieille blague ? Ah oui ! Les habitants de Ville-d'Avray sont des Dagovéraniens, ceux de Pont-à-Mousson, des Mussy-Pontins... Ceux de Juan-les-Pins ?... Des Youpins ! Sur Cagnes-sur-Mer, j'ai rien. Une minute d'arrêt. Et puis, le viaduc sur le Var, l'aiguillage de Saint-Augustin et la gare de Nice !

En descendant du train, ça me fait comme un second exil. La première fois, je n'avais pas prêté attention aux palmiers. C'était alors des arbres familiers. Pour moi, l'exotisme, c'était le marronnier !

En ce temps-là, les Benamou montaient en métropole, la larme à l'œil.

Personne ne m'attend à la gare, la boîte aurait pu se fendre d'une bagnole ! En 62, il y avait le cousin Siksou, avec sa 203 encore immatriculée 2A. Ce n'était pas à la gare mais sur le port. Les quais étaient bondés de cousins partis en éclaireurs. Sur le bateau, on chantait la marche des Africains et « Non, rien de rien »... A terre les cousins répondaient. On s'est entassés dans la 203, jusqu'au centre d'accueil... Cette fois, j'arrive seul.

Enfin, je connais le chemin, par l'avenue Jean-Médecin et la place Masséna. J'ai vécu là, comme tout pied-noir craignant les frimas nordiques, et puis, il fallait bien s'intégrer, j'ai passé le concours, je suis monté à Paris, comme dans ma chanson préférée, celle d'Enrico. Nice n'a jamais pris les émigrants dans ses bras. En trente berges, j'suis devenu un vrai Parigot. T'es un génie, Enrico ! C'est si vrai ton... *Et Paris tu m'as pris dans tes bras !* J'avais peur du froid, de la pluie et de la grisaille, en montant. Au bout de deux ans, j'avais presque oublié Alger.

C'est un pied d'exilé que je pose sur le quai de la gare de Nice. J'ai peur de regretter la rue Pelleport et la place Martin-Nadau plus encore que les Aurès et les rues blanches...

Pourquoi m'éloigne-t-on toujours vers cette ville lourde d'ennui ? Moi, le pied-noir, je débarque sur la côte avec une mentalité de Parisien banni ! Faut que je me donne deux-trois baffes. Au boulot, Benamou, et dis-toi qu't'es niçois, qu't'as toujours été niçois ! Ici, vaut mieux pas passer pour un étranger !

Lorsque l'on ne peut revendiquer aucun titre de parenté avec la famille impériale de toutes les Russies, que l'on ne possède pas le moindre puits de pétrole au Venezuela, il n'est rien de plus urgent que de s'inventer un pedigree et des souvenirs du pays. De se tartiner un goût d'anchoïade sur la langue. Il est impératif de faire le vieux Niçard dès son arrivée ! Gare à celui qui se prend pour un émigrant et, plus encore, pour un touriste ! A celui qui ne se souvient ni du Paillon, ni de la grande statue de la place Masséna, du train des pignes, des trolleybus et de la vieille putain aveugle qui marchait dans la rue d'Angleterre en répétant « Sucette, monsieur, sucette »... Celle qu'un marin américain avait défenestrée en 45 ! Tu sais tout de Nice, Benamou ! Tu te souviens de l'ancien Ruhl et du Palais de la Méditerranée au temps de sa splendeur. La jetée-promenade, t'étais même pas conçu quand elle a sauté, mais on t'en a causé.

Attention à bien dire teuneuleu, pour TNL, Transports Nice-littoral, enfin, les autobus que l'on a substitués aux trolleys d'antan. Ne pas demander son chemin, situer avec exactitude les institutions essentielles : la poste Thiers, la cave Ricor, l'église du Tsarévitch, le lycée du Parc impérial, le café Félix-Faure... Ne pas sursauter lorsque le canon tonne, depuis le Château.

Non, cette fois, je ne me promènerai pas avec ma valise à la main, sous le regard narquois des Niçois. Fandepute, il faut d'urgence prendre les allures d'un homme du pays !

J'avise un casier de consigne et, après avoir jeté un coup d'œil au ciel, je décide d'y laisser imperméable et pull-over en même temps que la valise. La marchande de journaux sursaute lorsque, en enlevant ma veste pour me débarrasser du pull, je découvre mon holster. Je ne vois pas le signe de la brave dame et je me retrouve, en un instant, entre deux collègues un peu nerveux.

— Toi, le bougnoule, tu lèves bien haut tes bras audessus de la tête...

— Doucement, je suis de la maison... et les propos racistes, ça vaut un rapport...

— T'es de la maison ? Et moi j'suis muezzin à La Mecque !

— Manquement au respect dû à un supérieur, ça va te coûter chaud, connard... T'es qu'inspecteur de deuxième classe... Y'a pas trois mois, t'avais un bâton et un sifflet... Tu vas y retourner...

— Tout doux... Pas de coup fourré... On se laisse fouiller bien sagement... Port d'arme... Dis donc, c'est un vrai Manurhin ton flingue...

— Monte encore d'un grade, t'auras le même ! J'te dis que je suis de la boîte !

— Si tu bluffes pas, t'as une carte, non ?

— J'ai les mains en l'air... Dans la poche de ma veste, il y a une brème et un ordre de mission, ça te va ?

— Tu permets que je regarde moi-même, collègue...

— Je n'entends pas faire obstacle à l'exercice de ta mission... Non, la poche de gauche... Dans la droite, il n'y a qu'une boîte de capotes, cadeau de ma femme pour le voyage.

— Sympa, ta gonzesse !

— Non... Résignée et prudente... Grouille-toi, j'ai envie d'un grand noir, peinard sur une terrasse !

— Dis donc... T'es dans le genre prétentieux, toi... Manix grande taille, les capotes !

— Je t'ai dit de regarder dans la poche gauche...

— O.K... Si tu bluffes, on t'embarque... Ah ! la brême... Merde ! On a s'graffé l'nouveau principal du SRPJ !

— Attention, les mecs, je baisse les bras...

Les inspecteurs chargés de la sécurité de la gare me regardent avec un étonnement mêlé d'inquiétude et de réprobation... J'ai une gueule de bougnoule et je vais désormais fourrer mon grand blair dans les affaires obscures de la police judiciaire nissarde !

Je pousse illico l'avantage.

— L'avancement au mérite, c'est pas pour ce matin ! Normalement, dans le métier, on sait reconnaître un gangster d'un flic !

— Pôvre ! On vois bien que t'arrives du Nord..

— J'ai une gueule de type du Nord, moi ?

— Le Nord, c'est plein de types du Sud qui savent même plus ce qu'est le midi !... Mais si tu as besoin de quelque chose, fais-moi signe... Je suis l'inspecteur Fournier, commissariat central, rue Gioffreddo... Sans rancune, collègue ?

— T'en fais pas... Dis-moi, tu connais le divisionnaire Gambotti ?

— Si je le connais ! Il est du village de ma mère !... Fournier, c'est juste mon père, mais ma mère, c'est Casanova, comme tout le monde... Elle est de Pila-Canale, c'est du côté de Sartène... Mais ma mère, dans sa famille, on fréquente pas trop les Gambotti... Bonjour, bonsoir quand on se croise dans le métier...

— C'est quel genre ?

— Genre que tu emmerdes quand tu lui parles de ce qui fâche !

Au moins, je sais que j'ai du temps... Le divisionnaire Gambotti ne sera pas à son bureau avant neuf heures trente. Je vais descendre, lentement, l'avenue Jean-Médecin, jusqu'aux arcades. Est-ce qu'il y a toujours cette odeur de chocolat, sous les arcades de la place Massénat ? Elle a disparu, la grande statue avec des chevaux dans les tifs... C'est fou ce que les choses disparaissent ici... La façade du casino municipal, la vieille gare des autobus et même le fleuve... La ville italienne est toujours là, en contrebas, mais le linge ne lâche plus de gouttes sur les passants. Les mœurs doivent avoir changé derrière les façades repeintes. Les rues sont les mêmes et, pourtant, je ne suis pas certain de les reconnaître.

Mais je n'ai pas le temps de m'attendrir sur ce jeune pied-noir de 1962 ! Je suis un flic. Je viens prendre mon poste. J'attends l'heure du rendez-vous avec mon nouveau patron. Je n'ai qu'une petite plage de temps à meubler. Je dégotte un café sur une place de la vieille ville, à l'ombre du clocher de Saint-François. L'inévitable *Nice-Matin* accompagne mes tartines. Le pain manque de sel. Les nouvelles des princesses de Monaco sont plutôt bonnes. La suite royale du Carlton de Cannes est occupée par le second fils de l'émir de Bahrein... Donc, même si mon traitement me le permettait, ce serait foutu pour le Carlton. Des fois que j'aurais eu envie de piquer les dernières pièces d'argenterie rescapées du festival, c'est râpé.

La Colombe d'or a fait son plein d'intellectuels parisiens venus noyer le souvenir des combats perdus dans les eaux glacées de la piscine.

La Côte d'Azur souhaite toujours la bienvenue à ses hôtes, avec des photos d'arrivée à l'aéroport Nice-Côte d'Azur, des bouquets de mimosas et des articles dans *Nice-Matin.*

Et j'y ai droit, moi, Samuel Benamou ! Pas de photo, pas de mimosas, mais tout de même une dizaine de lignes, en dernière page : « Mission impossible pour l'inspecteur Benamou ».

L'article évoque une longue série de disparitions et de meurtres inexpliqués. Une petite phrase souhaite bonne chance au limier que l'on vient de parachuter. Une de ces phrases que l'on trouve délicieuses quand elles s'adressent à d'autres. Il se foutrait même franchement de ma gueule, ce spécialiste du chien écrasé au soleil !

Je déchire la page, la fourre dans ma poche et je

m'offre une promenade dans la vieille ville, à l'heure où montent les odeurs d'anchois et d'olives. Je suis quand même chez moi dans ces rues étroites. Quelque chose d'Alger, bien sûr. Les tonneaux d'anchois, les herbes parfumées, les nèfles et les figues comme autrefois à Bab-el-Oued. En conséquence, je décide de me sentir heureux. Il faudra que je songe à dire un mot à l'office du vendredi soir, en faveur du haut fonctionnaire qui a bien voulu me nommer dans une ville de la Méditerranée. Un petit air d'opérette remonte en ma mémoire. Je vais le mettre dans mon répertoire de chanteur semi-pro... Mon accordéon arrivera bientôt, avec les bagages.

Neuf heures sonnent au clocher de l'église Saint-François. Je me dirige vers la préfecture. Mes pas ont repris instinctivement le rythme méditerranéen, ils me portent doucement vers le devoir.

Je gagne le marché aux fleurs, je le traverse lentement en me laissant caresser par le parfum des œillets.

Je retrouve enfin la banalité des locaux de police, la peinture grise, le souffle chargé de l'agent qui accueille les visiteurs, la carte du département épinglée au mur, le portrait du président de la République et l'escalier de bois qui mène au bureau du patron... Rassurante grisaille !

Je serais fort malheureux de me retrouver dans un hôtel de police fraîchement construit, avec porte magnétique, vidéo-surveillance, musique d'accueil et moquette couleur crème. L'institution, c'est l'institution. Les commissariats doivent être gris, tout comme les écoles appellent la brique rouge. Il y a un style administratif que l'époque ne respecte plus. L'austérité républicaine, parée de quelques habits de grandeur.

J'aurais pu devenir instituteur ou receveur des postes. L'essentiel, pour moi, c'était d'écrire avec un porte-plume réglementaire, un encrier, de faire crisser une plume Sergent-Major sur un papier un peu jaune portant l'en-tête de la République française.

Quand j'ai posé le pied sur le sol de la mère patrie, j'ai décidé de passer le premier concours administratif ouvert à mon niveau, celui du bac et de quelques études de droit constamment interrompues pour cause de FLN, d'OAS et de coups d'Etat divers.

J'étais prèt à tout accepter, secrétaire de mairie, instit, postier, rédacteur à l'enregistrement. Je voulais vivre dans les murs de l'Etat, à l'ombre d'une Marianne aux seins généreux. La poste, l'école, la mairie, le commissariat. Dans une atmosphère d'encre, de colle, de craie et de crasse. Dans un lieu où l'on emploierait le papier carbone bien après l'invention de la photocopieuse. Où il y aurait une manière d'épeler les noms propres. Bernadette, Emile, Nicolas, Antoine...

J'éprouve donc un véritable bonheur en découvrant, à Nice, un endroit qui sent la bonne vieille flicaille. Un local crade avec de la poussière grasse sur le plancher, de la peinture écaillée sur les radiateurs. Les affiches des syndicats sur un tableau de liège. Des annonces de services. Concours pour accéder au grade d'officier de police judiciaire. Stage d'informatique. Colonie de vacances à Villars-de-Lans (Isère), comité des œuvres sociales de la Police nationale. La boîte, le pays. Des points de repère, partout en France... Comme ces platanes importés depuis la Drôme jusqu'aux rues d'Alger.

Derrière un comptoir de bois, une triplette de poulets regarde avec gravité le planning des congés estivaux. J'échange mon ordre de mission contre un salut réglementaire suivi d'une indication attendue. Au premier étage, la porte protégée par des battants de cuir. C'est écrit dessus : Jean-Toussaint Gambotti, divisionnaire.

En ouvrant la porte, je suis de nouveau plongé dans les senteurs méditerranéennes. L'anis, essentiellement. Le costard du commissaire porte à jamais la marque olfactive des services rendus quotidiennement à la maison Paul Ricard.

La petite rosette rouge qu'il arbore à son revers semble indiquer que, pour lui, ce sera une tomate, un doigt de grenadine, le Ricard, un glaçon et doucement avec l'eau !

C'est le genre de type qui paraît fatigué dès les premières heures du jour. Toute une carrière de compromis et de combines marque à jamais son visage couperosé.

Ça ne doit pas l'enchanter de voir débarquer un poulet à peine quinquagénaire !

Il me regarde de bas en haut. Je ne suis pas encore trop délabré. C'est ça mon pote, un mètre quatre-vingt, pas trop de graisse, et je suis trop jeune pour pioncer derrière mon bureau en attendant l'heure du pastaga.

— Tu as un poste très demandé, Benamou... Seulement t'as encore au moins dix ans à tirer jusqu'à la retraite... Y'a un bon climat pour les vieux ici !... N'en fais pas trop, cotise à la complémentaire, repère les coins de pêche... Enfin, te fais pas d'illusions sur la mer, même avec un bon rafiot t'as le temps d'arriver en Tunisie avant de rencontrer un rouget, mais dans l'arrière-pays, t'as encore des bons petits torrents avec des truites comme ça... Pas plus tard qu'hier... Non, attends, t'en es pas encore là... Où que tu vas crécher ?

— Ne vous inquiétez pas pour ça, commissaire, j'ai un peu de famille ici !

— J'me disais bien que je connaissais ce nom... Benamou, c'est pas le merlan qui a fait fortune en lançant le forfait "mise en pli + toilettage du caniche" ?... Une combine géniale... Il a au moins quinze salons, maintenant ! D'un côté la mémère, de l'autre le chienchien... Ça lui permet d'exploiter les deux mines d'or de la côte ! Les vieilles et les chiens, y'a que ça !

— Celui-là n'est qu'un vague cousin... Je vais prendre pension chez ma frangine, elle a une petite boutique de fringues, tout en haut de la ville, à Las Planas.

— Pas futée, la p'tite sœur ! C'est le seul quartier de Nice qui soit bien à l'abri du pognon ! Enfin... si ça t'amuse d'aller pieuter chez les cloches, t'es libre... Mais si tu veux une bonne gâche, je t'arrange ça avec la mairie...

— Merci, ça ira comme ça...

— Je vois... A Paris, dès qu'on prononce les mots « mairie de Nice », tout le monde se voile la face... Mais tu en auras besoin, un jour ou l'autre. Ici, c'est comme ça... Bon, ton bureau est au fond de la cour à droite. L'youpin te mettra au courant !

— Qui ça ?

Je sens une démangeaison dans le poing. Est-ce que je vais frapper mon supérieur dès le premier jour ? C'est pas la première fois que j'entends des choses désagréables. Quand je suis entré dans la maison, il y avait même des types qui racontaient leurs souvenirs. Mais c'est fini, tout ça. Les collègues qui gardaient Drancy sont partis à la retraite depuis longtemps.

— L'youpin, insiste Gambotti, c'est un drôle de type, comme tous ceux de sa race...

J'éprouve, cette fois, une douleur caractéristique dans l'épaule, le signe avant-coureur d'un mouvement irrésistible du bras et de l'avant-bras. Mais la porte du bureau s'ouvre à temps sur un jeune Chinois.

— Ah, le voici... Inspecteur Liou Pin...

— Liou Pine, rectifie le Chinois, on écrit Liou Pin, mais on prononce Liou Pine...

— Oh ça va ! qu'il gueule, Gambotti. Pin ou pine, c'est pareil ! Enfin, si on veut, parce que la pain c'est pas bon quand ça devient dur... Ben quoi, ça vous fait pas marrer ? Tiens, par exemple "chaud lapin" et "chaud de la pine", ça veut dire la même chose ! Quand même pas un Chinetoque qui va m'apprendre le frankaoui, merde. Inspecteur Liou Pin, voici votre nouveau supérieur, l'inspecteur principal Benamou...

— Très honoré !

— Tu feras tes courbettes plus tard... Emmène ton supérieur, mets le au courant des habitudes de la maison. Et que je n'entende plus parler de vous jusqu'à l'heure de l'apéro... Vous me retrouverez à midi trente au tabac du marché aux fleurs, qu'on arrose le nouveau. Allez, exécution !

Sans un mot Liou Pin me conduit jusqu'à la subdivision C du SRPJ, chargée des meurtres inexpliqués depuis un an au moins.

Les locaux du service ont vraiment tout pour mériter l'expression placard doré : fauteuils de cuir, frigo, télé, magnétoscope, rien ne manque. C'est presque aussi luxueux qu'une entreprise privée. Je préférerais des tables et des chaises modèle réglementaire, avec des pieds métalliques. Et puis quoi... De la moquette ! Au lieu d'un bon plancher bien crasseux. D'un linoléum de logement social. D'un carrelage de cantine scolaire. Heureusement qu'il y a un tableau de liège, pour les notes de service.

Les ordinateurs à écrans couleurs sont, à priori, de véritables instruments de travail mais ils permettent également d'occuper la journée d'un inspecteur avec une gamme complète de jeux.

Je m'installe derrière mon bureau et je pianote immédiatement sur le clavier.

Des statistiques s'affichent sur l'écran : nombre de meurtres par an, taux de morts violentes et de décès inexplicables... La ville de Nice et la Côte d'Azur tiennent vraiment à leur réputation de Californie française ! Le taux d'assassinats tend à se rapprocher de celui de Los Angeles. Avec un peu moins de vingt pour cent d'arrestations de suspects dont les trois quarts obtiennent le non-lieu ou l'acquittement, sans compter les évasions spectaculaires et les cavales préventives.

Un méticuleux, Liou Pin : toutes les affaires sont soigneusement classées et chaque dossier fait l'objet d'une fiche informatique, elles-mêmes réparties en deux grandes sections. D'un côté les cadavres, identifiés ou non, de l'autre les cadavres introuvables en dépit des recherches. Les fiches portent en outre divers signes codés qui ne correspondent pas aux nomenclatures habituelles des fichiers de police.

— C'est quoi UR ? j'demande. Ville de Chaldée, en deux lettres ? Urgent ?

Je me demande aussi pourquoi Liou Pin ne porte pas de natte. Il a une tête de Chinois de cinéma. Un côté Charlie Chan.

— Ça veut dire Uruguay, chef ! J'ai donné ce code aux dossiers qui semblaient liés aux affaires de la ville.

— Et PN... c'est Pied-Noir ?

— Oh non, chef ! Je ne me permettrais pas !... PN, c'est purée niçoise ou piste néant, c'est pareil... En fait, ce sont les affaires qui relèvent du grand banditisme, dont certaines, mais pas toutes, peuvent avoir un rapport avec les affaires municipales.

— Et c'est quoi « OVNI »... Normalement c'est pour les gendarmes, ces conneries-là...

— C'est ma manière de classer les quelques mystères qui n'ont aucun rapport apparent avec le milieu ou avec la politique.

— Il y en a ?

— Une histoire de vieille qui ne connaissait pas l'orthographe... Et puis un môme disparu sans laisser de traces. Allez-y, cliquez sur OVNI, vous verrez !

L'affaire qui s'affiche sur l'écran commence d'une manière très banale. Philippe Bardolo, élève en classe de cinquième au lycée du Parc impérial, disparaît un matin... Ses parents viennent de se séparer, ils s'accusent mutuellement d'avoir escamoté le môme... Et puis, plus rien, plus de trace. Définitivement évanoui dans la nature, le petit Philippe...

Liou Pin tire de l'armoire un gros dossier, dans sa forme classique, avec des dépositions tapées à la machine, des photos et des objets soigneusement enveloppés dans de petits sacs scellés.

— Ça devrait vous intéresser, chef !

— Pourquoi cette affaire, plutôt qu'une autre ?

— J'avais réussi à faire plonger le docteur Bardolo, pour le meurtre de son fils... Mais il a été relaxé... Pas de corps, pas de preuve. Il avait pourtant tout avoué... mais il s'est rétracté !

— C'est toujours vexant, ces choses-là... Mais votre blessure d'orgueil n'est pas une raison suffisante pour me faire traiter cette affaires en priorité... Au pire, c'est un infanticide. Votre toubib n'a pas d'autre gosse ?... Il n'y a donc pas de risque de récidive !

J'ouvre quand même le dossier. Il y a si longtemps que je n'ai pas tripoté de la paperasse, des procès-verbaux de commission rogatoire, des pièces à conviction...

Là-dessus, l'inspecteur Fournier débarque dans le burlingue. Je ne suis pas du genre rancunier, mais ça m'arrache un cri.

— On ne frappe pas, ici ?

— Chef, dit Liou Pin, c'est l'inspecteur Fournier, du commissariat central de Nice...

Je reste derrière mon burlingue, totalement coincé côté zygomatiques. Liou Pin vient me susurrer des trucs à l'oreille. Il insiste :

— C'est le seul type à peu près fréquentable dans cette porcherie...

Fréquentable ! Le mec qui me traitait de bougnoule, ce matin à la gare ! Peut-être qu'un autre m'aurait passé à la gégène avant de vérifier mon identité !

Conciliant, je fais un vague mouvement de tête pour autoriser Fournier à s'approcher de moi. Il traverse la pièce avec une vélocité qui ferait tomber une nouvelle fois le record de l'heure s'il avait une bécane, un casque et des sponsors. Liou Pin prend la position du poteau d'arrivée pour faire les présentations officielles.

— Fournier, Benamou...

— On a déjà fait connaissance !

— Je ne voulais pas t'emmerder le premier jour, Benamou... Mais... j'ai un cadavre à te refiler...

— Normalement, je ne m'occupe que des viandes froides... Un an de mystère, au moins !

— Venez avec moi, tous les deux, je n'ai rien touché !

— Doucement... Je viens d'arriver... J'ai une mission précise ! Les macchabs chauds, c'est déconseillé pour mon régime... Ça ne me concerne pas !

— Même lorsqu'il s'agit du principal témoin à charge contre Bardolo ? Liou Pin vous a certainement mis au parfum !

— Merde, râle Liou Pin... Ils ont descendu Ariel Cohen ?

— Tout juste... Une rafale de PM, tout à l'heure, quand il sortait de chez lui pour aller ouvrir sa boutique.

Je bloque aussitôt le numéro de duettistes des deux inspecteurs. Je suis à peine arrivé, Liou Pin me colle le dossier Bardolo sous le nez et cinq minutes après, Fournier débarque avec l'assassinat du principal témoin !

— Excusez-moi, patron, bafouille Liou, fallait que je vous montre l'affaire avant l'arrivée de Fournier... Je ne suis pas certain que ce meurtre ait un rapport avec l'annonce de votre nomination ici... Mais ça ressemble tout de même à une provocation... Je crois que quelqu'un veut vous tester, monsieur le principal...

— Et le cadavre de Cohen serait mon cadeau de bienvenue ?

— Cohen vous attendait avec impatience... Le salaud qui a balancé l'information à la presse a sûrement voulu prévenir quelqu'un !

Je regarde le Chinois avec méfiance. Mon second cadeau d'arrivée est une sorte de corbeau planqué dans la maison. A moins que mon gentil subordonné ne veuille m'utiliser pour régler ses propres comptes. Autant prendre à toute vitesse la direction des opérations.

— Il y a combien de temps qu'il est mort, votre Cohen ?

— Un peu plus d'une heure !... Un coup de fil nous avait envoyés à la gare... Un de ces trucs qu'on vérifie par prudence... Un terroriste dangereux, type méditerranéen...

— Je vois... Un petit malin m'avait envoyé le comité d'accueil pendant qu'on descendait un de mes clients ! Et vous venez ici au lieu de cavaler au cul des meurtriers ?

— J'ai fait tout ce qu'il fallait faire... Mais Cohen habitait tout près de l'entrée de l'autoroute. A cette heure-ci les flingueurs sont déjà en Italie... A moins qu'ils aient fait semblant de partir... Ils sont peut-être dans la ville, ou quelque part sur la côte... Autant aller voir le cadavre...

— Allons-y ! Faut bien que j'essaye la bagnole du service.

— On n'a même pas la nouvelle Clio ! fait Liou Pin en forçant son accent chinois.

Je me cale aux côtés de mon adjoint à l'avant de la

petite Renault. Le Chinois met la première et se lance aussitôt dans la pratique du grand bond en avant. Tant qu'à citer Mao, je préfère la Longue Marche, mais le rythme lent, il ne connaît pas ça, Liou Pin. Les grands silences de la Cité Interdite non plus : il fonce, sirène hurlante, tout en me montrant le paysage du doigt.

— Ça, chef, c'est la place Masséna, et ça la gare, avenue Thiers, là on est au carrefour de la Libération et l'on va monter par l'avenue Boriglione...

— Arrête de faire le guide, je connais la ville... J'ai débarqué là...

— ...en 62, comme moi, chef... Mais moi, j'étais un bébé !

— Tu venais pas d'Algérie, toi !

— Je suis né à Constantine, chef ! J'ai pas le type, hein... Mon père était militaire... La version viet du harki.

— Je croyais que tu étais chinois.

— Chinois de Saïgon, né en Algérie... Débris colonial, comme vous, chef !

En haut de l'avenue Boriglione, Liou Pin s'engage dans une rue bordée de petites maisons anciennes. Des villas délicieusement désuettes, avec leurs murs ocres, leurs jardins potagers peuplés de tomates et de courgettes, leurs figuiers, leurs néfliers. Le Midi d'autrefois, un peu délabré. Un quartier de rêve suffisamment excentré pour que les promoteurs s'en désintéressent.

Les flics bloquent la petite avenue où l'on vient d'assassiner Ariel Cohen. Par réflexe, il laissent passer la bagnole maison.

— Attention, hurle Liou Pin en pilant sur place... Martinez est déjà là !

— Qui ça ?

— Le commissaire Martinez... Partout ailleurs l'inspection des services et la brigade fiscale auraient conjugué leurs efforts... Vous connaissez beaucoup de fonctionnaires qui peuvent se payer une villa de trois cents mètres carrés avec piscine ?

— Il a p't'être fait un héritage, le collègue... Ou épousé une fortune...

— Oui... oui... officiellement sa femme est riche...

Martinez s'affaire déjà autour du cadavre. Je me tiens à distance et j'évalue la victime d'un coup d'œil rapide. Quarante-cinq ans, fidèle à ses jeans délavés et à ses sandalettes. Une belle chemise blanche absorbe le sang tandis que la barbe et les longs cheveux roux donnent à ce Cohen un petit air de parenté avec un compatriote, né comme lui sur la Terre Promise. Le tableau a quelque chose d'une Passion : il y a même des oliviers dans le jardin ! De son vivant, Cohen connaissait sans doute mieux Kérouac que saint Matthieu.

On vient de tuer une sorte de hippie christique qui porte autour du cou l'emblème des pacifistes, associé à l'étoile de David et à la main de Fatmah. Je regarde la bicoque. Ce type ne devait pas passer ses dimanches à repeindre les volets et à bricoler la gouttière. Ce n'était pas non plus un maniaque du sécateur et des produits désherbants. J'ai envie d'aller voir de plus près mais deux inspecteurs ratissent la maison pendant que des képis fouillent les buissons et les plants de tomates. Toute une intimité passée au crible en quelques minutes. Les collègues entrent et sortent avec des trophées divers, des objets quotidiens destinés au labo de la PJ locale. Le commissaire Martinez éprouve quelques difficultés à ignorer ma présence. Dans ces conditions, je tente quelques amabilités.

Martinez me chante immédiatement sa petite musique de bienvenue.

— T'as rien à faire ici, Benamou... Ça concerne pas ton service... C'est pour nous... Peut-être pour la DST...

— La DST ?

— Ouais, mon pote... Cohen Ariel... Nationalité israélienne... Condamné par contumace pour contacts avec l'OLP... Ce mec fricote dans les milieux gauchos depuis toujours... Et ces douilles... tu sais ce que c'est ? Ça vient d'un pistolet mitrailleur de fabrication israélienne... Ils ont fini par l'avoir.

Le sens de la déduction est parfois éblouissant, dans notre métier. N'importe quel marlou peut se procurer une arme israélienne, tchèque ou russe. Par ailleurs, je ne vois vraiment pas pourquoi les services israéliens iraient jusqu'à Nice pour assassiner un pacifiste ! Je tente donc d'expliquer à Martinez que les contacts avec l'OLP ne relèvent plus du délit et que l'on peut même avoir le Prix Nobel pour ça.

Ma remarque le rend aussi silencieux que le cadavre.

J'en profite pour examiner de nouveau le corps qui gît sur le dos, criblé de balles. Cohen était sorti de chez lui, comme chaque jour, on peut penser qu'en dépit de son air bohème, il était facile à guetter.

Il n'avait pas eu le temps de franchir la grille de son pavillon mais on l'avait tiré de face, après qu'il eut refermé la porte de la maison. Le tireur ne savait peut-être pas trouver le cœur sur un homme qui se présente de dos.

Dans le jardin, un inspecteur exhibe un trophée : deux jolis pieds de marie-jeanne, culture domestique assez répandue en ces quartiers. Ça n'intéresse personne. En revanche, je vois Martinez se précipiter lorsqu'un agent, fier de sa découverte, se met à hurler :

— Commissaire ! Il y a un texte en hébreu là-dessous !

Le flic a seulement démonté la mezouzah placée sur le linteau de la porte. Etant donné l'amitié que Martinez me voue, je ne lui dis pas que je porte le même texte, sous ma chemise, dans un joli bijou d'or offert par ma grand-mère, il y a pas mal d'années, pour ma bar-mitzvah.

Le petit parchemin est placé dans une enveloppe soigneusement fermée, au même titre que les cendres de cigarettes, les petits bouts de joints jaunis et les cotons usagés retrouvés dans la poubelle de la salle de bains. Autant de pièces que je peux laisser sans regret. Je résiste à mon désir d'entrer dans la maison. Je ne vais pas commencer ma carrière niçoise par un incident diplomatique. Martinez sent le pourri à cent mètres, mais il a une longueur d'avance dans la hiérarchie. Ça lui permet de nous faire une belle petite crise d'autorité à l'arrivée de l'inspecteur Fournier.

— Qu'est-ce que tu fais ici ? Je croyais que tu t'occupais des assassins ?

— J'ai fait ce qu'il fallait... Il y a des barrages partout, des gendarmes aux péages de l'autoroute, une alerte générale pour la police de l'air et des frontières, les garde-côtes et même les Monégasques... Mais rien, naturellement... Sauf une Kawa 1000 flashée à 212 km/h, vingt minutes après le meurtre, sur l'autoroute, direction Vintimille. Deux types, casque intégral, visière teintée, combi...

— Ouais... C'est p't'être ça... La vieille d'en face n'a rien vu... Quatre-vingt-six ans... Et sourde. Elle a vaguement entendu le PM... Mais quant à reconnaître le bruit d'une moto de celui d'une bagnole...

C'est un défaut, je le sais, mais je n'ai jamais su retenir une question.

— C'est le seul témoin ?

— La maison d'à côté est vide... De l'autre côté, il y a une gonzesse complètement à la masse... Tout ce qu'il y a de plus camée, on ne peut rien en tirer... Et merde, j'ai pas à te répondre ! Un mot de plus, je fais une note à Gambotti !

Martinez s'exprime avec une familiarité agressive que je ne supporte pas. Nous appartenons à la même maison, certes, mais ce n'est pas une raison pour employer ce tutoiement, comme si nous avions gardé les loubards ensemble, des nuits entières au fond d'un poste de banlieue. Ce type a bien dix ans de moins que moi et sa position hiérarchique ne l'autorise nullement à me prendre de haut. Il n'a certainement pas fait ses classes comme simple inspecteur, Martinez. C'est une sorte de dandy au goût douteux, avec une chemise mauve à col blanc, et l'on devine à son air emprunté, à sa familiarité factice autant que grossière, qu'il a intégré la maison par le haut, par le concours des commissaires, celui que l'on réserve aux licenciés en droit. Une fabrique de chefs, certains de leurs prérogatives.

— Monsieur le commissaire... Martinez, c'est bien cela ?... Le cadavre que l'on emporte dans le fourgon était témoin dans une affaire dont j'ai la charge. Vous êtes peut-être chargé d'élucider les conditions de sa mort mais j'exige d'être tenu au courant...

— Inspecteur Benamou... Tu viens d'arriver... Alors je te préviens, mets un pied sur mes plates-bandes et je te fais casser.

— Commissaire, vous avez un grade d'avance sur moi mais vous n'êtes pas mon supérieur direct ! Et si j'estime que vous faites entrave à la justice, je saurais faire sauter vos petites protections !

Je fais un signe à Liou Pin et je remonte dans la Clio en saluant vaguement les collègues. Tout en conduisant, le Chinois débite la fiche d'Ariel Cohen. C'est bien plus qu'une fiche. Liou connaît tout de cette maison dont la victime était régulièrement propriétaire, bien quelle eût des allures de squatt. Il y a des mois que Liou Pin bavarde régulièrement avec Ariel Cohen.

L'un et l'autre rêvaient de faire tomber le bon docteur Bardolo.

C'était sans doute pour Bardolo qu'Ariel Cohen avait débarqué à Nice, quelques années plus tôt. Pour lui, pour le gosse, et peut-être pour une autre raison que Liou Pin n'avait jamais élucidée. Quelque chose de commun dans le passé. Cette femme dont on ne savait pas grand-chose, sinon qu'elle était devenue Marie Bardolo et qu'elle bricolait les ratiches, boulevard Dubouchage. Ariel était quant à lui un « sabra », né avec l'indépendance d'Israël. Un enfant du kibboutz devenu pacifiste à sa troisième guerre. Il était dans un blindé qui fonçait dans le Sinaï, en 67. A l'époque, il aurait volontiers poussé jusqu'aux

Pyramides. Il avait été rappelé d'urgence, comme tout le monde, à la guerre du Kippour et il avait poussé son char jusqu'au canal de Suez. Mais c'était au Liban, en 82, qu'il avait tout lâché.

— La contradiction devait être trop forte, pour lui, précisa Liou Pin... C'est un drôle de pays, tout de même... Ariel vivait comme un hippie, au bord de la mer Rouge... Une communauté qui s'étaient installée dans des cahutes, comme les Bédouins... Un patelin nommé Dizav ou quelque chose comme ça...

— Diz'haave ! C'est une oasis du Sinaï... C'était sur le point de devenir un paradis pour touristes quand ils l'ont rendu à l'Egypte... De quoi vivait-il dans ce patelin ?

— La pêche... Et sans doute un peu de culture de hasch... ça doit bien pousser par là-bas.

— Visiblement, il n'avait pas perdu la main... Il y en a dans son jardin...

— Non, ici, il faisait juste un peu de marie pour sa consommation personnelle. Je n'ai pas jugé utile d'alerter les stups... J'ai eu tort, chef ?

— Martinez peut s'en servir contre nous... Mais on verra. Donc après dix ans à faire le baba au fond du désert, il se retrouve à Beyrouth sous le béret de Tsahal, c'est ça ?

— Oui... C'est l'époque des grands massacres... Il ne supporte pas, réussit à déserter et s'installe à Nice, un peu plus d'un an après.

— Qu'est-ce qu'il a foutu pendant un an ?

— Nous n'avons jamais réussi à le savoir... Il a obtenu son visa français à Djibouti... C'est ce qui est étrange... Parce que le docteur Bardolo était alors médecin militaire... Dans la force d'intervention française du Liban, puis à Djibouti... Et Marie Bardolo est une Française du Liban.

— Tu nous fais pas une fixette sur cette affaire de gosse disparu ?

— Je ne crois pas, chef... Ariel était l'amant de Marie Bardolo... Peut-être le père du gosse... Joli mobile, pour deux crimes...

— T'as de l'imagination, Liou Pin... Passe encore que ton cocu ait étranglé le gosse et fait disparaître le cadavre... Mais de là à se payer des tueurs professionnels pour éliminer le rival...

— Il faut coincer Bardolo, chef... Il va la tuer...

— Liou... nous ne sommes plus chargés de cette affaire ! Bardolo a un non-lieu. Tu n'as jamais pu prouver le meurtre du gamin... et tu veux lui coller un autre crime sur le dos ? Mission impossible, mon petit !

— Vous voulez jeter un coup d'œil à la boutique ? On a juste le temps...

Liou range la voiture en bordure de la vieille ville. Le Paillon a disparu depuis longtemps mais l'endroit ressemble toujours à un quai. Il y avait, autrefois, des bouquinistes, avec des boîtes, comme sur la Seine. Et des marchands d'oiseaux. Comme Ariel Cohen. Les hommes de Martinez n'ont pas encore jugé utile de fouiller la minuscule échoppe dont le rideau demeure baissé. Liou Pin demande les clefs au concierge qui les lui remet sans difficulté. Les serins et les canaris saluent notre arrivée. Je ne sais pas pourquoi, ça me fait mal de voir ces dizaines de piafs dans des cages. J'en ai pourtant vu, des taules, avec des humains. Mais les oiseaux ! Quand je joue de l'accordéon dans les goûters d'enfants, je fais un tabac avec « Ouvrez ouvrez la cage aux oiseaux » ! Ça marche toujours !

Une voix aiguë vocifère des injures en arabe dialectal.

— C'est pas normal, remarque Liou Pin... Il a laissé Arafat et Rabin...

— Qui ça ?

— Arafat, c'est le perroquet... Rabin, c'est le mainate...

Les piafs justifient aussitôt leurs sobriquets. Le perroquet répète I want freedom for my people, en anglais, avec un pur accent des souks de Jérusalem, pendant que le mainate tente de couvrir sa voix en sifflant la Hatikva.

— Ce n'est pas normal... chef... Ariel ne se séparait jamais d'eux... Il ne les aurait jamais enfermés toute une nuit dans sa boutique. Jamais... Ils avaient une place spéciale dans sa bagnole, et, bien sûr, chez lui...

— Sa bagnole ?

— Un vieux bus Toyota... Logiquement, il aurait dû être là haut... Il n'y était pas !

Le bruit familier d'une sirène de police me fait sursauter. Je ne suis guère pressé d'en découdre avec le commissaire Martinez.

— Amène-toi, Liou... Faut pas faire attendre Gambotti... Il va crever de soif !

Nous avons juste le temps de filer par la porte de la cour avant que Martinez n'investisse la boutique. Je sors le premier, sans me retourner. Parvenu dans la rue, j'entends quelques mots d'anglais, vestiges d'un mandat confié à Sa Gracieuse Majesté par la Société des Nations. « Welcome, Sir, in Jérusalem market. » La Hatikva parfaitement sifflée couvre la voix palestinienne. Liou Pin marche, le plus tranquillement du monde, le perroquet sur l'épaule gauche, le mainate sur la droite.

— Liou... Je ne suis pas un maniaque du règlement... Mais le détournement d'éléments pouvant servir à l'enquête, ça mène à la révocation !

— Chef, vous mènerez cette affaire jusqu'au bout... Martinez ne fera rien !

— Possible... Mais je viens à peine de débarquer et je me retrouve avec un crime, un vieux dossier impossible, une guerre avec la police locale et un second qui décide à ma place ! Tu peux me dire ce qu'on va en foutre, de ces piafs ?

— On les fera parler ! Ils ont une foule de renseignements dans le gosier !

— Si jamais on te trouve avec...

— Faut pas vous inquiéter, chef... Les oiseaux ont une mémoire limitée. Je les laisse chez moi, devant le magnétophone... Quelques heures. Après... canard laqué, poulet sauté au gingembre... quelques nems... on ne retrouvera pas les morceaux. Allez voir Gambotti... Je vous rejoins.

2

Je laisse Liou Pin se débrouiller avec la bagnole et les volatiles et je file à pied vers le sanctuaire du patron. Du moins j'espère qu'il est en son sanctuaire, qu'il n'est pas coincé dans son bureau, à cause de mes premières frasques en forme de déclaration de guerre à la police locale. Martinez est occupé avec les piafs. Qu'est-ce qu'il va foutre avec cette camelote ? Normalement, la marchandise d'une victime est placée sous scellés en attendant que les héritiers se manifestent. Mais qui sont les héritiers d'Ariel Cohen ? Des parents, des frères, des cousins, à Tel-Aviv ou à Haïfa ? Ou le gosse Bardolo, s'il est en vie et si sa mère obtient une reconnaissance de paternité à titre posthume. Les serins, les perruches et les canaris ont le temps de crever ! J'imagine Martinez, avec son costard super classe couvert de fiente, cherchant ses indices au milieu des oiseaux morts. Amuse-toi, Martinez, je garde le perroquet et le mainate. Arafat et Rabbin ! Les autres ne parleront pas. Ils te feront juste un peu de mouron. Dormez, dormez, petits pigeons, les cloches de Londres... Aux oiseaux, Martinez, aux oiseaux. En attendant, j'ai intérêt à rejoindre mon singe au plus vite. Allez, on accélère, Sam ! Les rues de la vieille ville sont très fréquentées, à cette heure, je me fraye péniblement un chemin entre les cabas à roulettes et les chiens-chiens excités par les étals des boucheries. Je risque l'impopularité la plus totale à chaque instant de cette redoutable navigation qui me mène, enfin, sur le marché aux fleurs. Le crâne qui émerge d'une marée d'œillets me rassure définitivement. Il y a longtemps que le canon du château et le clocher de Saint-François ont marqué ensemble l'heure du pastis.

Jean-Toussaint Gambotti est déjà installé à la terrasse du bistro. Selon Liou Pin, rien ne peut le détourner de ce rituel qui tient moins de l'alcoolisme que de l'interrogation métaphysique. Le commissaire sirote des tomates-casa comme un penseur hippie fume du chanvre. Il tente d'atteindre la connaissance, de percer le mystère de ces couleurs étalées devant lui. Les petites boules jaunes des mimosas, les pétales rouges et roses des œillets...

J'avance entre les diverses espèces de roses. J'évite de justesse une vieille... Le patron me semble parfaitement calme. Lorsque je pénètre enfin dans son champ de vision, il me désigne une chaise près de lui et m'invite au silence.

— Té, susurre-t-il, aujourd'hui, ils ont même sorti les orchidées !

Je prends le risque d'une remarque.

— Oui, c'est étrange. Je croyais qu'il n'y avait pas d'orchidées pour Nice, sans triche !

Gambotti garde les mirettes rivées sur le marché aux fleurs. Un léger sourire fait glisser ses bajoues.

— Petit, sais-tu pourquoi je regarde ce marché pendant plus d'une plombe, chaque jour de soleil ?

— Sans doute parce que c'est impossible lorsqu'il pleut !

— Tu te trompes... Lorsqu'un bel orage rend la terrasse impraticable, je prends mes quartiers de pluie derrière la vitre du bistro ! La taulière fournit les serviettes en papier, pour la buée !

Je n'ose plus articuler une parole. Gambotti scrute d'un air pensif en lâchant parfois un soupir. Il essaye de résoudre la seule énigme qui le passionne encore et qui se transforme, lentement, en obsession.

— Il faut que tu saches, Benamou, parce que, bientôt, tu prendras ma place... Chaque jour, je regarde l'infinité des couleurs et le ballet des clients qui repartent chargés de bouquets, de corbeilles et de pots. Et chaque jour, deux questions tournent et retournent dans ma tête... Pourquoi les Niçois achètent-ils autant de fleurs ? Comment ce marché peut-il prospérer dans une ville où l'insulte est reine, où la population passe le plus clair de son temps en querelles, guerres de voisinage et médisances diverses ?

— Patron, vu la moyenne d'âge de la ville, on peut penser...

— Foutaise ! La fréquence exceptionnelle des enterrements ne fournit pas, à mes yeux, une explication suffisante ! On vient finir ses jours sur la côte et on les finit, à la fin. Ça en fait des fleurs, tout ça, c'est vrai ! L'industrie de la couronne et de la gerbe n'est pas autre chose que le dernier maillon d'une chaîne économique fondée sur l'exploitation de la vieillesse. L'apothéose, l'ultime rendement de la mine d'or locale : le retraité venu s'offrir des vacances infinies après un minimum de trente-sept ans et six mois de labeur !

Cet aspect de la prospérité horticole et florale n'est un mystère pour personne et surtout pas pour Jean-Toussaint Gambotti. Il est d'enterrement presque chaque mois : cela fait partie de ses fonctions d'aller porter la larme officielle de la police nationale aux vieux poulets venus sur la Côte pour jouir d'une retraite plus ou moins méritée.. Je le soupçonne d'avoir un modèle de discours toujours prêt, pour saluer ces grands chevaliers du maintien de l'ordre, ces anciens qui, chaque année, l'invitent au banquet fraternel des retraités de la police.

Il sera bientôt un convive comme les autres. Un autre commissaire d'active viendra faire le salut rituel. Il se tapera aussi les enterrements à sa place. Je ne sais pas si je tiens à bénéficier de ce genre d'avancement. J'ai un peu de temps. Je ne suis pas, comme Gambotti, un spécialiste de la préparation à la retraite... Il a déjà la mine de l'emploi, lui. Des rides, autour de la bouche et des yeux. Quelques cheveux autour du crâne, mais définitivement gris.

Mais sans doute suis-je, très provisoirement, une tache dans ce décor de rêve entièrement voué aux derniers âges de la vie.

— Je me suis enfilé toutes les statistiques de la Chambre de commerce, petit ! La gerbe et la couronne, ça ne fait pas dix pour cent de la production florale. Si tu ajoutes la fleur à planter sur les tombes, tu montes au maximum à quinze pour cent... En y réfléchissant, ça fait un rendement très faible, rapporté au nombre de vieux... Parce que la ride et le cheveu gris sont les deux mamelles de la richesse niçoise ! Appartements pour retraités, hospices, traitements divers, cliniques, un lifetinge pour madame, et pour monsieur ? une petite ablation de la prostate au laser ? Le troisième âge est un gisement infini ! Tout doit être remplacé, les cheveux, les dents, les membres. Sans parler du diabète ! Un vrai gisement pétrolier ! Le diabète assure aux officines niçoises un record mondial au rayon sucrettes et sels de régime. Et je ne dis rien d'Al Zeilmher et de Parkinson ! Des anges tutélaires qui veillent sur le chiffre d'affaires de nos cliniques ! Et puis, quand la peau se défraîchit, on s'habille beaucoup plus ! On ne se passe pas de la petite laine ! De la gaine pour rhumatisant ! Mais ça n'explique pas les fleurs. On pourrait s'en passer, des fleurs ! Toute la ville s'affaire à réduire les héritages, à vider les livrets de caisse d'épargne, à bouloter la complémentaire ! Toute émission de télévision consacrée à l'avenir des caisses de retraite connaît à Nice des records absolus d'audience. L'assèchement de la Caisse nationale d'assurance vieillesse et la faillite du régime des cadres seraient autrement plus redoutables que la disparition de la mer, en contrebas de la promenade des Anglais...

La patronne et le garçon se tiennent devant la porte, immobiles. Ils ne bougeront pas sans un signe de Jean-Toussaint Gambotti. Ils n'oseront jamais interrompre son raisonnement et il faut impérativement que je trouve une issue. Je tente une échappée du côté de la théorie économique.

— Le vieux est, par définition, périssable... L'horticulture constitue donc une économie de remplacement !

— Tu te fourres le doigt dans l'œil ! Le troisième âge n'est pas périssable ! Les médecins le prolongent de manière à assurer la transition jusqu'au renouvellement du stock. Un retraité doit laisser son appartement niçois à un autre retraité. Il ne doit pas disparaître avant que ses enfants aient eux même atteint l'âge des petits pas douloureux dans les allées ombragées du jardin Albert Ier...

Je n'ose plus articuler une parole. Pendant une fraction de seconde j'espère que Jean-Toussaint va remarquer l'absence d'un verre sur le coin de table qu'il m'a affecté. Mais son regard se fixe sur un caniche nain.

— Regarde bien... La démographie locale affecte toutes les espèces : du Cros-de-Cagnes à la citadelle de Villefranche, la race canine se compose essentiellement de petits loulous blancs et de caniches noirs. Les félins sont gras et castrés et les pigeons se traînent lourdement, à force d'être gavés de graines et de biscuits écrasés. Il est absolument indispensable que les animaux eux mêmes paraissent vieux et se déplacent doucement. Une trop forte présence juvénile troublerait les vacances éternelles du paradis des retraités. Oh, il faut bien quelques jeunes femmes dénudées sur les plages, de jeunes femmes que les papys contemplent depuis la Promenade des Anglais, tandis qu'une protestation bourdonne à leurs oreilles... Tout de même, quelle impudeur, et puis c'est très mauvais les coups de soleil sur les seins, de notre temps, ça ne se faisait pas... Nice tolère la jeunesse à dose homéopathique. Il faut ménager les cœurs fatigués. Tout le commerce de la ville repose là-dessus. On doit pouvoir trouver des chaussures de cuir tressé, des postes de radio avec les petites ondes, des disques de Luis Mariano, des boutiques et des restaurants diététiques, des cannes et des fauteuils roulants, des lunettes, des sonotones, des coiffeurs spécialisés dans les reflets violets, des salons de bridge, des graines pour pigeons, des thés dansants, des spectacles d'opérette, des clones de Charles Trénet au Théâtre de verdure, des schmatologues spécialisés dans la robe à fleur, le costume blanc, le chapeau de paille d'Italie, sans oublier le matériel de pêche, les couches confiance, les tisanes, les herbes médicinales, les gélules et pilules en tout genre... Rien ne doit manquer au bonheur des vieux. Pas même l'apothéose fleurie pour engloutir les dernières économies placées à la Banque populaire des Alpes-Méridionales... Seulement, voilà... ce foutu marché vend plus de bouquets que de couronnes ! Sa prospérité ne peut se fonder exclusivement sur la clientèle des vieilles, s'offrant à elles-mêmes des témoignages d'amour, des bouquets somptueux destinés à éveiller la curiosité des copines, à l'heure du thé... La vieille qui rougit en évoquant un admirateur fantôme... *Cela fait cinquante ans qu'il m'envoie des roses !...* Celle-là ne suffit pas à absorber des tonnes d'œillets, de mimosas et de roses !

Je suis en état de choc. J'espère une conclusion rapide et je l'obtiens.

— Il y a sûrement, dans Nice, des gens qui se rencontrent, un bouquet à la main. Des gens qui manifestent de la tendresse. Vingt-cinq ans après ma nomination sur la côte, je tiens leur existence pour un mystère indéchiffrable !

Le garçon lui apporte le pastis en soupirant et Jean-Toussaint répond à son soupir. Va encore faire chaud. Oh oui, chaud. Ils râlent ensemble pendant trois minutes. La météo, l'époque, les jeunes, la saison touristique qui se présente mal en dépit du trop-plein d'étrangers et de Parisiens dans la ville.

Je vois un petit sourire sur les lèvres du commissaire.

Comme chaque jour, Gambotti remarque avec satisfaction qu'on le sert avec certains égards. On lui donne d'office des olives avec sa tomate-Ricard. Pour ce genre de choses, les autres clients doivent implorer le louffia. Le commissaire guette les regards. Oui, on la regarde, sa petite coupe de verre remplie de minuscules olives noires du pays. Elle fait des envieux. On murmure, aux autres tables, que Madame Ricci et ses employés peuvent se garer n'importe où, griller les feux rouges, que ça ne leur coûte jamais qu'un quart de kilo d'olives par mois !

Une idée salutaire me traverse l'esprit. Je me confonds en excuses, ça ne se fait pas de bosser quand on doit prendre l'anis avec le patron ! Il y a des priorités dans la police nationale. Jean-Toussaint ne me l'envoie pas dire.

— Quand même, c'est pas trop tôt ! Ça ira pour cette fois mais souviens-toi que nous faisons un métier d'ordre. L'apéro, c'est midi trente, pas trente-cinq, ni quarante... Allez, exécution... Nature, mauresque, tomate ou perroquet ?

Je me risque à réclamer une anisette blanche plutôt qu'un Ricard. Gambotti fait une grimace, mais puisque c'est un vestige de l'Afrique du Nord française, il ne peut pas refuser. L'anis des Frères Gras ! Sa bouteille de verre blanc, son étiquette immuable et puis cette blancheur, sous les rayons du soleil. La ville blanche. Pépé le Moko. Le sirocco. Le fanion de la légion ! Je sens que mon côté pied-noir lui plaît. Il a certainement servi outre-mer, dans le temps. Je devrais fumer de petites Bastos bleues, mais depuis que les toilettes du lycée d'Alger ne sont plus mon fumoir préféré, j'ai opté pour les américaines.

Mon anis Gras arrive avec la seconde tomate de Jean-Toussaint et une cargaison d'olives. C'est pas si mal, le grand sud ! Je veux dire quelque chose, mais le patron affirme immédiatement sa préséance.

— Du moment que tu ne bois pas du visqui comme le Chinetoque... Allez ! A ta mission et à notre grande maison, la Police nationale... Et où il est encore l'youpin ?

— Il arrive, monsieur le divisionnaire !

— Ce type ne peut pas s'empêcher de faire du zèle.. Méfiez-vous...

— A première vue, c'est un bon policier... A notre grande maison, commissaire, et à ceux qui lui font honneur !

— Certainement... Madame Ricci, s'il vous plaît, la même chose... Ah, le voici, alors un visqui en plus !... Liou... tu pouvais attendre un jour ou deux avant de mettre ton supérieur dans les ennuis !

— L'homme ne décide pas de tout, monsieur le divisionnaire, il décide seulement de sa conduite lorsque les événements se précipitent... Ce matin, les choses se sont déroulées selon une certaine harmonie qui nous échappe. D'un côté, l'arrivée d'un nouveau chef, de l'autre un crime qui réveille une affaire que nous connaissons bien... Que signifie l'enchaînement de ces deux faits ? Cette dualité toujours...

— Bé ! T'as pas encore tout entendu, Benamou ! Le Chinetoque, il te fait des cours de yne et yane... Normalement, les jeunes flics ça fait du zèle, mais celui-là, il fait du zen en plus ! Té... regarde, la dualité... D'un côté, l'eau, aqua simplex, de l'autre le pastaga... Tu mélanges... Et voilà... Benamou... euh... dis-moi... Est-ce que tu manges... euh... spécial ?

Puisque Gambotti change lui-même de conversation, j'évite de me lancer dans un exposé sur l'importance de la dualité. Deux, chez moi, ce sont les Tables de la Loi. Donc, si les choses s'enchaînent de cette manière, il peut être question de la loi, ce qui est notre métier. Mais je sens que l'inquiétude de Jean-Toussaint est ailleurs... Comment ça s'appelle ma manière de manger ? Il n'ose pas prononcer le mot, il a peur de me vexer. Moi, je ne cache rien, le statut des juifs ayant été abrogé par ordonnance du gouvernement provisoire, le 28 août 1944. Et, encore, en Afrique du Nord, de Gaulle nous avait rendu le décret Crémieux bien avant, dès qu'il a voulu envoyer mon papa dépanner les Ricains sur la route de Monte-Cassino. Allez, Jean-Toussaint, je vais le prononcer le mot qui ne passe pas dans ta gorge.

— Casher, monsieur le commissaire ?

— Oui c'est ça, casher...

— Oui, enfin, à peu près... Au restaurant, j'évite la viande...

— Et si je t'invitais à manger une bonne langouste pour fêter cette arrivée ?

— Je vous remercie, mais la langouste, c'est comme le porc !

— Qu'est-ce que tu racontes... Dans le porc, on jette rien... Dans la langouste, on en jette ! On mange pas la carapace !

— C'est pas la question... Mais ça ne fait rien... Là où il y a de la langouste, il y a du poisson, non ? Je peux donc accepter votre invitation !

— Ça tombe bien, parce que j'ai réservé... Mais c'est quand même pitié... Une religion qui interdit les fruits de mer !... Là où je te mène, c'est chez le Dominique, presque un cousin, il est de Propriano... A côté de chez moi... Et il fait venir spécialement les gentilles petites bêtes de chez nous... Incomparable ! Enfin... Tu fais comme tu sens... Remarque, quand il fait la bouillabaisse ou même rien que les petites daurades et les rougets grillés, tu te régales aussi... Allez, exécution... Liou... si on nous cherche, on est chez le Dominique, tu sais, au Cap-d'Antibes... Mais il vaut mieux qu'on nous cherche pas pour des bêtises ! Allez viens, Ben... C'est Samuel ton petit nom, pas vrai ? Alors Sam, on y va.

Gambotti m'embarque vers sa voiture personnelle, ce qui m'inquiète un peu.

— Patron... On s'est enfilé cinq tournées... Et il y a le retour...

— Et alors ? Tu crois quand même pas qu'un divisionnaire souffle dans le ballon ?

Je m'installe, non sans quelque appréhension, sur le siège de la 405. Gambotti ne me rassure pas immédiatement. A le voir marcher, lentement, péniblement, je ne pouvais imaginer qu'il conduisait à cette vitesse. C'est encore pire que Liou Pin. La conduite en version méditerranéenne. On fonce, on klaxonne, on insulte. Un vaste rodéo, des rues de Marseille à celles de Tel-Aviv, en passant par Naples, Athènes et Istanbul. Et on parle, avec les mains, en plus, en lâchant le volant !

— Fais-moi plaisir, Sam, va pas remuer l'affaire Bardolo ! Tu sais qui c'est, Bardolo ? Sacré bonhomme !... Un enfant de l'assistance...

— Orphelin ? Pourquoi a-t-il un vrai nom ?

— ... On l'a mis à l'assistance, en 44... Il avait un an... Son vieux en avait fait assez pour être fusillé par les FFI au fort d'Antibes. Sale histoire. A ce qu'on dit, c'était plutôt le mec qui torturait lui-même pour ne pas laisser les Boches faire le boulot.

— Et la mère ?

— Pareil... Elle avait pris dix ans, elle est sortie à l'amnistie et personne ne l'a jamais revue à Nice... Elle ne pouvait pas revenir ici... Trop de gens se souvenaient de cette salope. Elle n'a pas cherché à reprendre le gosse à l'assistance... Elle a juste essayé de reprendre le pognon et les biens confisqués à la libé... On lui a rendu sa villa, parce qu'elle l'avait achetée avant-guerre, elle l'a vendue à toute berzingue... Et plus de traces... Caracas ou Buenos Aires ! Bardolo, il en a bavé avec des vieux pareils. Il a fait médecine dans la classe des pauvres, à Libourne. Passé quinze ans comme médecin militaire. Et puis, il a trimé. Il a monté une clinique formidable, là-haut à Tourette-sur-Loup. Une affaire du tonnerre !... On vient de partout pour sa cure d'amaigrissement !

— Ça marche, ces trucs-là ?

— On devrait peut-être essayer ! Il a une méthode formidable ! Presque rien à bouffer. De la gym et des travaux durs toute la journée. A ce compte, Adolf était un très grand toubib, dans son genre... Il a fait maigrir la moitié de l'Europe !... Oh, excuse-moi !

— Y'a pas de mal... Ecoutez, les parents Bardolo, j'm'en tape... Si on devait foutre en taule tous les rejetons de collabos, faudrait réquisitionner la totalité des bureaux vides pour en faire des prisons. Et encore, ça suffirait p't'être pas... Mais, à votre avis, il l'a tué, le môme ?... Et Ariel Cohen ?

— Bardolo a été relaxé. Ça, c'est la chose jugée. Ariel Cohen a été entendu comme témoin, il a chargé tant qu'il a pu, mais Bardolo a été relaxé quand même. Pourquoi l'aurait-il tué ? Pour que tu rouvres le dossier ?

— Cohen avait peut-être trouvé de nouvelles preuves...

— Possible. Mais il ne peut plus s'en servir. Et si Liou Pin les avait, ces preuves, on le saurait et tu serais allé coffrer Bardolo. Crois-moi, laisse tomber !

— Il vous fait peur, l'toubib ?

— Il a la moitié de la ville dans sa poche. Des relations partout. C'est devenu un notable d'extrême-droite. Il s'est présenté plusieurs fois aux élections. Son avocat sera peut-être maire de la ville dans un proche avenir... Té, c'est là... Un petit paradis, le Cap... Et tu vas voir cette cuisine...

Le Dominique nous accueille sur le pas de la porte. A cette saison, la boîte ne fait pas vraiment le plein. Trois tables servies, rien de plus. Et à peine sommes-nous installés que le Dominique nous apporte un téléphone sans fil contenant la voix de Liou Pin.

— Marie Bardolo a disparu, dit simplement le Chinois.

— Comment ça disparu ?

— On ne l'a vue nulle part... Ni à son domicile, ni à son cabinet... Elle n'a pas annulé ses rendez-vous, pas prévenu son assistante. Elle a disparu...

— C'est bon, viens me chercher, j'ai envie de visiter Tourette-sur-Loup !

Le visage du commissaire Gambotti devient une véritable palette comportant tous les tons et toutes les valeurs du rouge, depuis les marques de couperose jusqu'aux taches écarlates qui partent de ses joues pour remonter jusqu'au sommet de son crâne. Sa voix prend brusquement un ton officiel.

— Inspecteur Benamou ! Si vous quittiez cette table sans mon autorisation, ce serait un manquement au respect dû à un homme qui est non seulement votre supérieur mais votre aîné. J'observe d'ailleurs que vous témoignez d'un sens inversé de la hiérarchie puisque depuis ce matin vous ne cessez de suivre à la lettre les desideratas de l'inspecteur Liou Pin qui n'est jamais que votre subordonné... Vous devriez savoir que la Police nationale ne peut en aucune manière accepter une conduite d'anarchiste ! Je vous donne donc l'ordre de lire attentivement la carte, de choisir un mets qui ne choque point vos convictions religieuses. Vous ne quitterez cet établissement qu'avec mon autorisation et après avoir déjeuné posément comme doit le faire un fonctionnaire qui a l'honneur d'être invité dans le cadre d'une autorisation réglementaire de dépense !

Je n'ose répondre et, sur un signe de Gambotti, le Dominique s'avance avec la tentation elle-même : un grand plateau nappé de glace pilée sur lequel la pêche du jour attend mon choix avant de filer sur le gril. J'opte pour une dorade grise entourée de quelques petits rougets.

— Si monsieur l'inspecteur est pressé, ce sera prêt dans cinq minutes...

— Monsieur l'inspecteur n'est pas pressé, proteste Jean-Toussaint, et tu peux préparer un couvert de plus pour l'inspecteur Liou Pin qui va venir nous casser les pieds dans les dix minutes... Pour moi, c'est une langouste... Dis-moi, tu as encore de ce vin rosé de chez nous ? Le vrai, hé... pas celui pour les pinsutes ! Frais... mais surtout pas frappé... Et attends... pour commencer... une petite salade aux encornets... Tu peux manger ça, Benamou ?

— Les encornets ? C'est un poisson ?

— Non... L'encornet, c'est entre la seiche et le calamar à ceci près, que ça a du goût !

— Les mollusques ne sont pas cashers...

— Pôvre ! C'est pas une religion, c'est un régime ! Comment se fait-il qu'il y a des gros chez vous, dans ces conditions ?... Et une salade des jardins aux anchois préparés maison, c'est possible ?

J'acquiesce au grand soulagement de Gambotti quand Liou fait irruption dans la gargote.

— Assiez-toi ici et commande ! ordonne Gambotti.

Liou m'implore du regard mais je l'invite à l'obéissance.

— Est-ce que chez toi, aussi, il y a une manière spéciale de becqueter ?

— Monsieur le commissaire, il n'y a pas de manière spéciale et cependant il nous semble hautement préférable de nourrir le corps sans le charger, afin que la nourriture nous régénère... Pour cette raison, j'observe en ce moment une période strictement végétarienne.

— Je finirai par avaler mon 38 avec des olibriusses de ce genre ! J'ai un juif qui prend la langouste pour du cochon, un Chineutoque provisoirement végétarien... Doumé ! Qu'est-ce que tu peux faire pour un végétarien provisoire ?

— Une corbeille de crudités, avec des petits artichauds, des fèves et, pour suivre, tomates et courgettes au four... Ça ira ?

Liou Pin tente aussitôt de ramener le repas à des proportions plus modestes, il est pressé de me faire grimper à Tourette-sur-Loup, mais Gambotti demeure intraitable.

— Vous mangerez, aussi longtemps qu'il le faudra, et vous ferez vos fariboles plus tard !

— Monsieur le commissaire, dit Liou, la disparition de Marie Bardolo est vraiment très inquiétante... Son carnet de rendez-vous était plein. Elle n'est pas rentrée chez elle hier soir... Admettons qu'elle soit allée chez Ariel Cohen, ce qui m'étonne un peu, parce qu'à ma connaissance ils n'étaient plus amants depuis un certain temps... Les retours de flamme, c'est toujours possible... admettons...

Je gamberge à toute vitesse et je propose ma solution à Liou.

— Le plus probable, c'est qu'elle se soit trouvée dans la maison quand on a tiré sur Cohen. Depuis, terrorisée, elle se planque quelque part...

— Ça ne colle pas... Ariel Cohen avait fermé la porte à clef... Martinez a dû appeler le serrurier ce matin pour la faire ouvrir. Le corps était dans le jardin, les clefs à la main. Il n'aurait pas fermé de cette manière si Marie était à l'intérieur... En un sens, votre thèse permettrait de comprendre pourquoi Ariel a laissé le perroquet et le mainate : Marie vient le chercher, il laisse sa bagnole, donc les oiseaux, et part avec elle...

— La bagnole de Cohen était près de la boutique... Tu vois... Mais Marie Bardolo n'a pas passé toute la nuit chez lui. Elle est partie avant...

— Possible... J'ai fait diffuser le numéro de la voiture

de Marie et j'ai placé des hommes à nous devant le cabinet et devant l'appartement... Mais il faut aller d'abord à la clinique du mari, je sens que ça urge...

Gambotti grimace mais sa face s'éclaire à l'arrivée de sa salade aux encornets.

— Petit, tu ne vas pas là-bas sans une commission rogatoire...

— J'ai déjà appelé le juge ! J'ai le téléphone portable... le temps d'arriver à Tourette et j'aurai la réponse !... Je l'aurai peut-être même avant de partir d'ici...

Il est parfait, mon adjoint, mais je prends quand même la direction des opérations.

— Maintenant, nous pouvons demander à ton juge de nous refiler aussi tout le pouvoir sur l'affaire Cohen. Parce que deux témoins d'un de nos dossiers qui disparaissent le même jour, ça justifie notre intervention !... Mais il faut aussi occuper un peu Martinez... Passe-moi le portable, Liou...

Au-dessus du bar, une affiche m'indique la marche à suivre : « SOS animaux maltraités »... Un numéro vert à composer. Une adresse à donner, celle d'une oisellerie où de pauvres volatiles sont enfermés et gardés par deux policiers en tenue. Une voix féminine m'assure que ça ne va pas traîner. Dans moins d'une heure Martinez aura un commando d'amies des bêtes sur les bras.

Gambotti engloutit ses encornets avant de retrouver sa grimace dégoûtée.

— J'en ai marre de faire des discours sur les tombes... Mais je peux faire préparer un requiem pour deux crétins qu'on aura décoré de la médaille de la police à titre posthume !

Il se trompe, Jean-Toussaint, moi le danger, ça ne me dissuade pas, ça m'excite au plus haut point !...

— Merci d'avance pour le discours, commissaire. En un sens, ça me plairait d'avoir la médaille de la police nationale, avec la sonnerie aux morts, juste avant le kaddish !... Mais... Pourquoi devrais-je avoir peur d'un toubib spécialisé dans la chasse aux bourrelets ?

Gambotti prend un air mystérieux, souffle comme un bœuf. Il en sait plus que Liou Pin sur cette foutue affaire ou sur les activités Bardolo. Tant qu'à traîner au restaurant, sur ordre, j'aimerais bien qu'il nous éclaire un tout petit peu...

— Tout ce que je peux vous dire, les enfants, c'est que la fortune de Bardolo a été très rapide et que ses relations sont nombreuses. Or, normalement, dans n'importe quel milieu, quand un type est soupçonné d'avoir tué son fils, même bâtard, tout le monde lui tourne le dos... Ce n'est pas cas. Il a conservé tous ses amis. En préventive, il dirigeait encore sa clinique, envoyait des ordres à ses toubibs et à son personnel. Au procès, il avait un formidable défilé de témoins de moralité et il aurait fallu que Liou Pin nous sorte dés preuves en or massif pour dissiper la bonne impression produite sur le jury par ce bon bourgeois parfaitement respectable...

— Respectable ? Vous ne m'avez pas dit qu'il était connu comme militant d'extrême-droite ?

— Et alors ? Le tiers de la ville pense comme lui ! Non, vous ne l'aurez pas commc ça, sur l'affaire du gamin. Si vous vous figurez que vous allez lui coller sur le dos une deuxième disparition et un meurtre, vous vous gourrez... Et je te signale, Benamou, que ton prédécesseur s'est tapé une mutation que je ne souhaite à personne... Il a maintenant la charge du grand banditisme à Ajaccio... Crois-moi, petit, c'est un poste à risque.

Je commence à ne plus supporter de m'entendre appeler petit. Je suis plus grand que Gambotti. Heureusement qu'on attaque le plat de résistance. D'autant qu'une idée me traverse brusquement la tête... Je me dis que j'ai vraiment trop de bide. Que ma gueule n'est pas encore trop connue. Qu'au lieu de débarquer dans le bureau de Bardolo avec un mandat du juge, je pourrais aller faire une petite cure là-haut. Bien sûr, le commissaire s'étrangle quand je demande la permission. La pince de langouste, ça laisse plein de petits trucs très difficiles à avaler !

— Je refuse qu'un inspecteur placé sous mes ordres aille faire le pitre chez les rentiers qui ont encore plus de pognon que de ventre à perdre. A mille cinq cents balles la journée, c'est hors budget... En plus, si jamais tu demandes à Bardolo une cuisine de régime... qui soit... comment que tu dis ?

— Casher !

— Oui c'est ça, casher... alors là tu pourras aller te faire cuire un œuf !

— Seulement s'il n'a pas été fécondé !... Mais ne vous inquiétez pas, le Talmud m'autorise à déroger à la casherout dès lors qu'une vie est en danger...

— Dans le service, ton Talmud n'a rien à dire et les autorisations, c'est moi qui les donne.

J'insiste lourdement et il accepte, finalement, à la condition de ne pas être au courant. Il n'est peut-être pas si mauvais que ça, au fond ! Surtout quand il passe sa colère sur Liou Pin.

— Toi, le bouddhiste boudeur, je te tiens pour responsable de la tête de Samuel. Parce que tu vois, en trente-six ans et trois mois de carrière, c'est la première fois qu'on me colle dans les pattes un inspecteur iseutraélite ! Je savais que ces types pouvaient rien faire pareil ! Mais si jamais je le perds, celui-là, je vois d'ici le scandale parce que là, j'aurais non seulement la hiérarchie sur le dos, mais en plus ils vont me foutre la LICRA, le grand rabbin de France et tout... Je les entends déjà ! Un inspecteur juif disparaît de la PJ de Nice ! Si jamais on apprend que j'étais déjà dans la maison quand le Papon était préfet, ça sera de ma faute !

— Calmez-vous, commissaire... Normalement, les accusations de crime rituel sont plutôt pour nous !

— Là je vous préviens, tous les deux, que ce sera pour le Chinetoque !

Je laisse Liou filer à Tourette pour la visite officielle qui ne servira pas à grand-chose. Je rentre au bercail avec le patron. J'irai là-haut, plus tard, un de ces jours avec l'autocar. Ça m'a fait un choc, ce matin, de ne plus trouver la vieille gare routière, les bon vieux autobus jaunes d'antan, les « Rapides Côte d'Azur » qui vous donnaient le frisson dans les virages bordés de précipices. J'entends encore le bruit du changement de vitesse. Je ne sais pas ce que je donnerais pour monter dans un de ces vieux bahuts plutôt que dans la Peugeot du patron.

Sur le chemin du retour, Gambotti change complètement de conduite. L'heure de la sieste a sonné. Il se traîne au milieu de la chaussée, on le double à gauche et à droite. Un concert de klaxons et d'injures nous accompagne. Sur la Promenade, il a brusquement une illumination.

— Il y a une hypothèse que tu n'as pas envisagée, Benamou !... Marie Bardolo coupable... Elle fait descendre son ancien amant et elle disparaît...

— Un contrat sur un chagrin d'amour, c'est assez peu courant !

— Sauf si Marie a tué le gosse... Elle a fait croire à Cohen que c'était Bardolo l'assassin... Mais l'autre finit par comprendre. Elle le fait descendre et disparaît... Ou alors... le gosse est vivant... Elle l'a escamoté, à cause de l'éducation que Bardolo lui donnait...

— Quel genre d'éducation ?

— Panoplie de para pour ses cinq ans... Réveil au clairon, entraînement, sac au dos dans la montagne, tir à balles réelles... Bon, elle ne veut pas que son fils devienne un frapadingue... Mais elle a envie de l'élever toute seule, sans le faux père, sans le vrai. Elle le planque quelque part, dans sa famille. Elle monte la fable du meurtre, uniquement pour Cohen. Mais l'autre découvre le pot aux roses... Elle le tue...

C'est un vieux flic fatigué, Gambotti, mais il a de beaux restes. Ses deux hypothèses ne me paraissent pas totalement fantasques. Tant qu'à faire, je me fais décrire Marie Bardolo. Je n'aurais peut-être pas dû. Le patron a de la tension. La seule évocation de la chute de reins baignée de longs cheveux noirs peut lui être fatale. J'ai vraiment envie de la retrouver, la gonzesse !

— Pour le portrait robot, c'est simple, petit... Des filles comme ça ne passent pas inaperçues ! L'Orientale, tu vois, l'Orientale... C'est ce qui nous rendait dingues en Afrique du Nord et au Levant... *C'était à Mégara, faubourg de Carthage, dans les jardins d'Hamilcar...* Elle a des yeux verts, c'est pas des yeux, c'est des phares de marine... Tu sais, ces lumières que les pirates allumaient pour attirer les navires... Ses yeux, ça fait pareil, tu vois ça, tu te diriges droit dessus... Et là, tu tombes sur deux récifs pointus. Parce que c'est pas le tout de faire du quatre-vingt-quinze bonnet D ! La forme aussi, ça compte... Tu comprends que ce fada de Bardolo voulait la garder en cage, la souris !... Mais ça, mon pote... c'était mission impossible ! Surtout pour un radin maladif... Pire qu'un juif !

Je m'empresse de faire savoir à mon commissaire que la loi de 1972, renforcée vingt ans plus tard, prévoit de lourdes sanctions à l'encontre des fonctionnaires pris en flagrant délit de discrimination raciale dans l'exercice de leurs fonctions, surtout lorsque ladite discrimination peut être ressentie comme une brimade par le subordonné que je suis !

— Ça va, souffle Gambotti ! Je fais mes excuses à l'inspecteur Benamou, je le prie de bien vouloir prendre en considération ma compassion sincère et authentique envers ses correligionnaires qui ont assez souffert pour qu'on ne les emmerde plus. Mais, putain, si on ne peut plus dire radin comme un youp' sans passer aussitôt pour un nostalgique de la Waffen SS, où c'est qu'elle est la liberté ? Remarque, par ici, j'ai vu plus de juifs flambeurs que de juifs radins. Té, le casino de Monte-Carlo, c'est un modèle pour le Proche Orient... Le black-jack et les machines à sous, territoire occupé ! Tsahal en civil à toutes les manettes... Pendant ce temps, la roulette est annexée par les Emirats du Golfe ! Crois-moi, si les ayatollahs et les rabbins se mettaient d'accord pour interdire totalement le jeu à leurs ouailles, la Société des bains de mer ferait une faillite retentissante et, tout prince qu'il est, le Rainier serait bon pour s'en aller faire la manche. Tiens... regarde devant... La Mercedes... Celle-là, oui... le coupé ! Tu crois que c'est un Gaulois, ça ! Mais comment vous faites pour attraper le pognon comme ça !

— J'en sais rien, patron... c'est une vraie malédiction. Il faut être dans la police pour y échapper !

Je surveille du coin de l'œil les réactions de Gambotti. Il a l'air franchement dégoûté. Les lignes sanguines de son visage forment des nœuds, de gros plis apparaissent au sommet de son crâne. Je décide d'en remettre une louche.

— A propos de pognon, ça vous ennuie pas trop de me laisser devant une poste ?

— Tu te sers encore de ce truc... C'est juste bon pour les instituteurs débutants !

— La Poste, patron... c'est identitaire pour un fonctionnaire. Traitement et primes par virement. Retrait à vue au guichet. Service public anonyme, inodore et incolore !

— Et l'épargne, tu la mets où ?

— Nulle part... J'ai jamais un rond de côté, ni un franc de crédit. Je ne dépense que mon traitement, mais tout mon traitement... Avec quand même des petits à-côtés au PMU !

— On m'a vraiment envoyé la vedette ! Un juif qui ne fout jamais les pieds dans une banque, et qui évite le pognon au point de même pas économiser un peu ! Té, descends, tu traverses la promenade, tu prends la rue en face et droit devant toi tu vas tomber sur la place Grimaldi, tu l'auras, ta poste !... Fandepute... écoute-moi ça !

Gambotti monte la sono de Radio-poulet. La voix demande des renforts en bordure de la vieille ville. Les amis des bêtes ont malmené deux agents et fait sauter les scellés avant de défoncer le rideau de fer d'une oisellerie pour ouvrir toutes les cages. J'ouvre la portière en chantant « Ouvrez ouvrez la cage aux oiseaux ».

— Vous ferez mes amitiés au commissaire Martinez, patron !

J'abrège mes politesses et je saute de la bagnole pendant que Gambotti me balance quelques conseils de prudence. Moi, j'ai surtout besoin de marcher un peu. La rue Halévy et la rue de France sont toujours à leur place, mais elles sont piétonnes, comme partout. Dans le temps, c'était un défilé de Studbaker, d'Arondes Plein-Ciel décapotables... On dirait que les immeubles ont grandi, place Grimaldi. La petite chemiserie du coin a disparu. Je me souviens du type qui avait ça... Un Polak avec une grande gueule, dans le genre sauveur d'Israël depuis sa boutique. Je vais chercher quelques bifetons au guichet et je remonte jusqu'à la gare pour récupérer ma valoche. C'est l'heure où les putes commencent à fleurir dans toutes les rues qui montent de Grimaldi à la gare. Les rues grouillent de petits vieux qui marchent assez lentement pour plonger le regard dans chaque décolleté. Je ne remarque pas tout de suite une silhouette familière. Un petit vieillard maigrichon avec un chapeau noir enfoncé sur la tête et qui me pince méchamment quand je passe à sa hauteur. Reb Ascher ! Mon directeur de conscience personnel !

— Sam ! Depuis ce matin, tu aurais quand même pu passer un petit coup de fil à ta sœur.

Je tente de reprendre mes esprits. Je tombe sur le rabbin Isaac Ascher dans une rue chaude de Nice. Je veux bien admettre que la synagogue de la rue Julien-Lacroix, à Belleville, laisse un peu de vacances de temps en temps à son serviteur. Et il sait que je suis arrivé ce matin, que je n'ai pas eu le temps de prévenir la frangine !

— Reb, dites-moi plutôt ce qui vous amène ici.

— Toi... comme d'habitude. Tu t'occupes d'une certaine Myriam Bardolo, c'est ça ?

— Non pas, Myriam... Marie.

— C'est pareil... Elle m'a dit que c'était Myriam. Elle m'a appelé ce matin... C'est la dentiste de ta sœur, tu le sais, non ?

Je me sens vraiment le dernier des cons. La frangine vit dans ce patelin depuis trente-cinq ans, elle connaît un tas de gens et ramasse tous les ragots de cabines d'essayage. Dans la lingerie pour dames, la cabine d'essayage, ça vaut le divan du psychanalyste. Donc, la petite dentiste savait par Deborah Benamou elle-même qu'un nouvel inspecteur allait fourrer son nez dans les vieilles affaires. Ça donne du corps aux élucubrations du commissaire Gambotti et ça m'emmerde. Je fais un grand geste au premier tacot venu, j'entraîne Reb Ascher dedans et direction Las Planas !

Aussitôt arrivé, j'entre comme une furie dans la boutique en provoquant les hurlements d'une cliente. Ça lui apprendra à essayer un soutien-gorge sans tirer le rideau de la cabine ! Debbie me balance aussitôt une paire de claques et j'entends le ricannement du rabbin dans mon dos. C'est ma grande sœur, Debbie. Elle s'est toujours crue autorisée à me foutre des claques, et maintenant, maman n'est plus là pour me protéger ! De toute façon, je n'ai rien vu, la fille de la cabine a tiré le rideau.

Comme les femmes n'ont pas de suite dans les idées, elle ressort aussitôt avec le soutif bien ajusté.

— Je me sens un peu serrée, madame Debby !

— Il faut choisir, si vous voulez que ça remonte les seins, ça sera forcément un peu serré. Avec une taille de plus, ça ne servirait plus à rien !

La fille contemple ses seins avec satisfaction avant de remettre une petite veste de tailleur. Cette fois je n'ai rien perdu du spectacle. Un joli caleçon de coton bien moulant, une veste échancrée sur une machine à remonter les nibards. C'est plutôt mon style, mais Debby me jette des regards furieux qui me dissuadent définitivement. La cliente balance sa carte bancaire que Debby accepte avec une grimace. Et, sitôt la vondergirl sortie, elle soupire, des cartes bancaires, rien que des cartes bancaires, qui viennent lui bouffer deux pour cent du chiffre ! Sur dix mille de chiffres, j'ai neuf mille de cartes, dis, tu imagines, neuf mille de cartes ! Trois mois que j'ai pas pas vu un billet de cinq cents balles ! Pendant qu'elle sc lamente sur les malheurs du petit commerce, je guette sa version de l'affaire Marie Bardolo, mais il faudra que j'attende encore le couplet sur les gosses, sur mon beauf qui s'est fait la malle depuis quinze piges, parce qu'on est tous les mêmes bien sûr, les hommes...

— Debby, on parlera de ça plus tard... Il y a une femme en danger de mort... Elle est peut-être déjà morte !

— Non, Sam... Myriam n'est plus en danger, elle va très bien.

— Je veux la voir immédiatement

— C'est trop risqué... Bonjour, madame, j'ai reçu

toute une collection de chez Chantal Thomass, c'est vraiment ravissant... Sam... prends les clefs... installe-toi à la maison avec Reb Ascher... Je te rejoins dès que je ferme... On parlera tranquillement au dîner.

Quand ma grande sœur commande, j'obtempère. C'est un réflexe très ancien que les odeurs de jasmin et de lavande qui montent des rayons et des présentoirs sont venu réveiller. Je suis à Alger, je suis entré dans la chambre de ma sœur. Debby, j'ai peur du bruit, Debby. Ce ne sont que des avions, Sam, des avions. Ils s'envolent. Ils vont traverser la mer, pour libérer la France. Tu vas retourner dans ta chambre, Sam. Papa reviendra bientôt. Il va gagner la guerre, tu sais. Il remonte l'Italie en chantant *les Africains*. Debby, j'ai peur des youyous dans la Casbah, Debby. Allons, Sam, tu es grand maintenant. Ce sont les femmes. Messali leur a demandé de crier toute la nuit... Je sais que tu es forte, Debby. Un mort, une femme qui disparaît. Je suis perdu. Tu sais, en sortant du lycée, je suis allé directement à la maison. Je n'étais pas dans le café quand la bombe a explosé. J'étais plongé dans le Gaffiot quand j'ai entendu le bruit. Tout va bien quand je t'obéis, Debby.

Je grimpe au premier étage. Tout ce que les parents ont ramené d'Alger se trouve ici, chez Debby. La photo de papa aux commandes de son tramway. Notre rue de Bab-el-Oued. La ménorah. Je n'entends même pas la sonnerie du téléphone. Reb Ascher décroche et me tend le combiné. Sam. Tu es à Nice, pas à Alger. La voix de Liou Pin sonne étrangement. Rien de nouveau dans la clinique de Tourette. Bardolo n'ignorait rien de la mort de Cohen mais il avait vu les images sur Télé Monte-Carlo. La disparition de Marie lui avait tiré quelques sarcasmes. Comment dire à Liou Pin qu'il est inutile de lancer toutes les polices de la côte à la recherche de Madame Bardolo ? Debby, j'ai mal à la tête. Qu'est-ce que tu me fais encore ? Je m'en tire en rappelant à Liou que suis arrivé du matin. Que je me suis tapé une nuit de train... Demain au bureau, on verra tout ça. J'ajoute trois lieux communs sur la nuit qui porte conseil, l'indispensable sommeil réparateur et la nécessité de prendre du recul. Merci, Liou, tout ira bien. C'est ça, demain au bureau !

Mais parole, elle l'a toujours, mon vieil accordéon... Le tout premier, le Paul Beuscher, j'avais fait une croix sur la touche pour retrouver le do. J'ai besoin de faire quelques notes. Tu sais, Debby, je ne voulais pas être flic. Mais maman et toi, vous aviez tellement honte quand j'ai été engagé pour le thé dansant de l'hôtel Royal. Elles étaient pourtant contentes, les mémères, quand j'attaquais *Adios muchachos*... Et les valses musettes. *Comment ne pas perdre la tête, serrée par des bras audacieux...* Tu me disais : c'est pas une vie, musicien de bal. Je me faisais dans les dix mille par soirée, en anciens francs. Et puis, au crochet de Radio Monte-Carlo, quand j'ai fait craquer l'applaudimètre avec une chanson de Sacha Distel, ils ont dit qu'avec une chanson à moi, je pouvais être sélectionné par Télé Monte-Carlo pour l'Eurovision. Je n'avais pas de chanson à moi. C'est comme ça qu'on devient flic. Oui, reb, je vais vous la jouer. *Iérouchalaïm*. Mon tube dans les mariages !

3

Pourquoi Reb Ascher ne veut-il pas comprendre que l'on met de l'eau dans l'anisette ? Que ce n'est pas de la vodka sucrée ?

Et qu'est-ce qu'elle fait, Debby ? Il y a une bonne demi-heure qu'elle a tiré les grilles de sa boutique ! Il faudrait que tu rentres, Debby. C'est bientôt le couvre-feu. Il y a des fellagahs et des ultras dans les rues. Je n'aime pas que tu traînes comme ça. Radio-Alger ne diffuse plus que des marches militaires, j'en ai marre d'entendre chanter les Africains, je préfère Elvis... Mais elles sont brouillées, les radios qui passent Elvis. Je n'aime pas que tu traînes, Debby. J'entends les explosions d'ici, il se passe quelque chose, du côté du forum... C'est peut-être le petit rosé corse, l'anisette, les meubles des parents. J'entends Jean Nohain. Mireille. Sacha Distel. Gilbert Bécaud. J'essaye de les entendre, mais toutes les Dauphine et toutes les Aronde klaxonnent ensemble sur la rue Michelet, les gens frappent sur des casseroles aux fenêtres de Bab-el-Oued. Cinq notes. Hier, c'était la Casbah qui criait. Des youyous, toute la nuit. Je n'ai pas eu de cours de maths depuis trois semaines. On dit que les paras ont emmené mon prof. On ne l'a pas revu. C'était un Français de France, un rouge, à ce que l'on dit. Debby, je ne te l'ai jamais dit, je crève de trouille. On a trouvé Rachid sur la route de Blida. Douze balles dans le dos. Rachid, tu sais bien, on jouait ensemble. Tu crois qu'il faut partir ? Le grand-père dit qu'il fait très froid, là-haut, sur l'Argonne.

Reb Ascher ingurgite son anisette pure et se jette en soupirant sur le canapé. Ces juifs de l'Est ne supportent pas la chaleur. Un millénaire dans les neiges, ça laisse quelques traces. Je le regarde transpirer.

— Vous n'êtes pas mûr pour le retour sur la terre d'Israël, Reb... Vous ne supportez même pas la Côte d'Azur au mois de juin ! Vous vous voyez, en plein Néguev, là où le soleil vous brûle déjà aux premières lueurs de l'aube ?

— Ce n'était pas le Néguev que nos ancêtres cherchaient... C'était le mont Sion, c'est-à-dire l'endroit le plus frais de toute la région !

— Tout est relatif, Reb ! Mais ça ne me donne pas le nom de l'assassin d'Ariel Cohen... Ni le lieu où Debby planque Marie Bardolo. C'est toujours pareil avec Debby, il faut qu'elle me cache ses copines. Elle a toujours fait ça !

— Tu ne peux pas lui reprocher ! Essaye plutôt de comprendre... Depuis combien de temps n'as-tu pas relu Chémot ?

— Je ne sais pas... Mais c'est le passage que j'ai lu lors de ma bar-mitzvah... Je m'en souviens encore... « Pharaon donna l'ordre suivant à tout son peuple : tout mâle nouveau-né, jetez-le dans le fleuve, et toute fille, laissez-la vivre... »

— Bien ! Et que fit Yokébed de l'enfant voué au glaive de l'Egypte ?

— Elle le tint caché pendant trois mois. Ne pouvant le cacher plus longtemps, elle prépara un berceau de jonc, qu'elle enduisit de bitume et de poix. Elle y plaça l'enfant et le déposa dans les roseaux de la rive du fleuve... Merde, Reb ! Vous croyez que le gosse n'est pas mort ? Que sa mère l'a caché et expédié quelque part ? Qu'elle est partie le rejoindre ? Ce salaud de Bardolo serait donc vraiment innocent...

— Celui dont le cœur est endurci au point de vouloir immoler l'enfant ne peut être innocent.

— Attendez... attendez... Je ne suis pas rabbin, je suis officier de police judiciaire. J'ai déjà coffré quelqu'un pour coups et blessures ayant provoqué la mort sans intention de la donner. Mais le contraire n'existe pas. L'intention de tuer, ça ne compte pas !

— L'Eternel tsebahot reconnaît cette intention. Il a frappé Bardolo et sauvé l'enfant.

— C'est ridicule. Bardolo a fait quelques mois de placard pour sortir avec un non-lieu... Mais le vrai père de l'enfant a été assassiné ce matin !

— La vérité se trouve à l'endroit où l'Eternel l'a inscrite...

J'entends un pas familier, une clef dans la serrure. Je sais ce que Debby dira en entrant... Sam, qu'est-ce que tu attends pour mettre la table ? La vaisselle est à sa place. A la même place, dans le même meuble... Les parents n'avaient pas attendu le temps des valises et des cercueils. Ils étaient venus à Nice lorsque l'on pouvait encore charger quelques meubles sous les insultes des voisins. J'étais resté, encore quelques mois. Au temps du quarteron de généraux et du pronunciamento ! Je n'avais que mon Teppaz et mes disques d'Elvis. Oui, Debby, je vais mettre la table. Les assiettes que maman sortait à Shabbath. Tu sais, j'ai copieusement mangé à midi. Quoi... T'as fait la poche de tripes de mouton et les boulettes, tout ? Et les dattes, qu'est-ce qu'elles sont belles, les dattes. Non, je ne la ferai pas, non, je ne dirai pas : le bon choix est dans la datte. Tu as fini par comprendre le contrepet... Ne fais pas ces yeux furibonds... Tu te souviens, Adamo... La Siesta, à Antibes ! Oh, non. Combien de fois faut-il te dire que la cuvée Moïse Taïeb est un ignoble jaja ? Tant qu'à prendre du pif cashère, t'as des petits crus de Bordeaux. Ou même des Côtes-du-Rhône dans le genre Gigondas. Mais ça... Moïse Taïeb... on a beau le mettre en bouteille sous le contrôle du Beth Din, c'est jamais qu'une piquette de l'Hérault !

Je m'empiffre de couscous, je me gargarise au Moïse Taïeb en attendant que Debby se décide à évoquer ce qui m'amène dans le paradis d'azur. J'ai droit au couplet sur les affaires. Sur la lingerie féminine qui ne se porte pas si mal, finalement. Elle a une théorie là-dessus, Debby. Les mecs sont angoissés par le chômage, ils bossent comme des fous. Les femmes ne peuvent plus se permettre de jouer les amazones. Elles se jettent sur la jaretelle, la culotte échancrée et le porte-roberts en relief. Il doit y avoir du vrai là-dedans.

— Ça suffit, Debby... Qu'est-ce qu'elle portait Marie Bardolo lors de sa disparition ?

— Marie ? Un très joli body de soie noire... Je t'ai déjà dit de ne pas t'inquiéter pour elle !

— Et le gosse ?

— Le corps n'a jamais été retrouvé...

Cette fois j'explose. C'est ma frangine, d'accord ! Je ne peux pas faire un interrogatoire, menacer, mais quand même ! Et ce foutu rabbin qui répète : « La vérité se trouve là où l'Eternel l'a inscrite. »

— Mais enfin, Sam, tu ne sais pas où l'Eternel inscrit ses vérités ?

— Des fois dans un buisson ardent, des fois sur la pierre... ou dans le Saint des Saints... Kadoch ha Kadoch... Vous croyez sérieusement qu'un inspecteur de la police française va aller mener son enquête dans un temple détruit par deux fois ?

— La vérité est aussi dans le cœur des justes, Sam...

— Merci ! C'est pour cette raison que ce boulot est impossible... Je passe ma vie à interroger des crapules en tous genres, à refiler des condés aux macs, à protéger des dealers en espérant faire plonger les assassins... Alors vos justes...

J'ai horreur de voir Debby rentrer la tête dans les épaules. Il y a quelque chose... Je suis le petit, on ne veut pas me le dire à moi. Qu'est-ce qu'ils croient ? J'ai tout compris. Je sais bien qu'on va partir.

— Reb... Vous croyez qu'il eût été juste d'escamoter un môme et de faire passer le père légal pour un assassin ? Il a fait presque un an de préventive, c'est dur pour un innocent...

Debby choisit toujours le bon moment pour disparaître dans la cuisine. Pour couvrir la table de douceurs infinies. Sa semoule est miraculeuse. Chaque grain semble détaché des autres. L'odeur du bouillon envahit la pièce.

— Le gosse... Debby... le gosse... Tu l'as vu ?

— Personne ne sait où il se trouve !

— Emmène-moi immédiatement dans la planque de Marie ! Elle sait forcément...

— Non... elle ne sait rien... Ariel avait tout fait... à son insu. Il lui a fait croire à la mort du petit...

— Tu veux dire que Cohen a manipulé tout le monde... Liou Pin comme Marie... Qu'il a planqué son fils quelque part, monté une affaire de meurtre avec un coupable...

— Quelque chose comme ça... Marie croyait à la mort de son fils... Mais elle a reçu un paquet ce matin... La photo d'un adolescent. Un mot de la main d'Ariel... Pose ce téléphone, Sam...

— Non... J'appelle Liou...

Et tu vas nous conduire tout de suite à Marie !

— A cette heure-ci, elle se trouve quelque part dans le ciel entre Nice-Côte d'Azur et l'aéroport Ben Gourion.

— Très bien. J'appelle Interpol. Complicité d'enlèvement d'enfant, témoin numéro un dans le meurtre d'Ariel Cohen... On la cueillera à sa descente d'avion...

— Ne fais pas ça... je te l'interdis !

— Je sais que c'est très mal de désobéir à sa grande sœur, mais je viens tout juste d'être réintégré dans la police !

J'ai toujours la main sur le téléphone ; quoi qu'il advienne, je veux trouver Liou Pin. Reb Ascher me prend le bras en me communiquant les tremblements permanents de ses propres membres.

— Qu'est-ce que tu cherches, Sam ?

— Deux assassins... ou deux fois le même... Ou alors, un gosse vivant, mais tout de même l'assassin de son père...

— Très bien... Alors la première des choses... c'est de savoir si le gosse est vivant ! Pourquoi ne laisses-tu pas la mère se charger de cette enquête-là ? Au moins nous saurons...

— Et pendant ce temps j'irai faire le pitre chez Bardolo ? Reb... Je vais vous coffrer. Entrave à la justice. Complicité de fuite.

Je tire les bracelets de ma ceinture, j'accroche le poignet de Reb Ascher et je le traîne vers le téléphone pour appeler une voiture. Debby me colle des baffes à la volée.

— Ça n'arrange rien, ma grande... outrage et voie de faits sur la personne d'un officier judiciaire... Et puis, maman ne veut pas que tu frappes ton petit frère. Même pour jouer. T'as pas le droit, Debby, et moi je vais le dire... Je t'ai vue dans la rue Michelet avec un Français de France ! Un lieutenant même ! Salope ! Tu sors avec un soldat !

— C'était pas un vrai Français de France, d'abord ! Ni un vrai militaire. C'était un appelé. Un avocat. Il s'appelait Bernstein. J'aurais mieux fait de l'épouser...

— Tiens, j'aurais pû te coincer pour ça aussi... complicité de désertion. Un trotskyste, en plus ! Tiens... mais c'était un type dans le genre d'Ariel Cohen, ton Bernstein ! Le lieutenant français passé du côté du FLN, l'officier de Tsahal qui fricote avec l'OLP... Ils sont bien, tes potes !

— Oui, Sam... Ils sont très bien... Mais puisque tu connais le lien entre Bernstein et Ariel, enlève cette ferraille des bras du Rabbin et je t'en dirais plus...

Je n'en crois pas mes oreilles. J'ai parlé de Bernstein pour agacer ma sœur. Un amour de jeunesse de Debby, un type dont je n'ai pas entendu parler depuis vingt ans. Et il est lié à mon cadavre du matin... Bernstein ! Il appartenait à une espèce inconnue dans Bab-el-Oued. Pur produit d'un shtetl situé entre la place Paul-Painlevé et la place du Panthéon, il semblait très mal à l'aise dans la tenue d'Afrique de l'armée française. Il avait toujours un bouquin dans la poche de sa vareuse et il dégottait des disques de jazz dans des boutiques d'Alger que je n'avais jamais explorées. Il amenait chez nous des brochures interdites, la Question, la vérité sur Maurice Audin, et puis une sorte de journal qui s'appelait *La voix communiste*. Il est venu se planquer, un jour d'avril... Les paras occupaient le forum et le gouvernement général. Salan avait pris le pouvoir. Et puis, il a disparu quand tout est rentré dans l'ordre. Le Général parlait dans les transistors et j'ai cherché le mot pronunciamento dans le dictionnaire. Mais qu'est-ce qu'il vient foutre dans cette histoire, Bernstein ! La curiosité l'emporte sur la fureur et je me décide à libérer le rabbin.

— Excusez-moi, Reb...

Il faut toujours obéir à sa grande sœur. Je défais les pinces. Il reste une marque rouge sur le bras du rabbin. Je m'excuse encore... Ascher sourit. Ce ne sont pas les menottes qui ont laissé les traces mais les téfilins, à force.

— Bernstein, tu sais... il n'a pas beaucoup changé, insiste Debby.

— Mais qu'est-ce qu'il vient foutre là ?

— Tu ne savais pas qu'il était niçois ? Sa famille avait échoué ici, pendant la guerre. Bernstein a fait son droit à Paris, son service à Alger et sa révolution dans le monde entier... Il a son cabinet, au bout de la rue de

France, presque à l'angle du boulevard François-Grosso... Juste à côté de l'échoppe où son père s'esquintait les yeux en réparant les montres... Tu te souviens de bien de cet horloger ? Il était connu dans tout Nice !... C'était déjà un révolutionnaire, le vieux... il avait fabriqué tous les détonateurs de la résistance sans jamais se faire prendre !... Il tirait sa grille quand les Médecin père et fils venaient serrer les mains des commerçants...

— Ça ne me dit pas ce que ton Bernstein vient foutre dans cette affaire !

— Si tu lisais tes dossiers au lieu d'aller t'empiffrer... Tu saurais... Il est tout simplement l'avocat de Myriam. Il s'occupait aussi d'une association, avec Ariel. Un truc pour les droits de l'homme en Israël. Ils ont eu des menaces...

— Tu ne vas pas me parler du Mossad, comme ce flic antisémite !

— Non pas le Mossad, encore que le Shin Beth ne soit pas très clair... Mais il y a surtout un groupe terrible ici. Le Beth Baruch. Baruch, pour Baruch Goldstein, le tueur de Hebron... Tu te rends compte ? Ils s'appellent le Beth Baruch... la maison de Baruch Goldstein ! Ils recrutent des jeunes juifs pour les installer à Hébron et renforcer la colonie qui a produit leur héros. Ils le vénèrent comme un saint... Quand tu les entends, tu as l'impression que le Bétar est une organisation modérée ! Maurice t'en parlera...

— Maurice ?

— Bernstein. Tu te souviens ? Il s'appelle Maurice. A cause d'un dirigeant communiste que son père aimait beaucoup. Lui, ça le fait rire les histoires de Maurice...

— Maurice... Tu veux dire, Maurice Audin, ce prof de maths que les paras ont liquidé ?

— Mais non... C'est autre chose ! Maurice Thorez... Le vieux Bernstein le tenait pour un surhomme. Mais Maurice a pris une autre voie... Pied-rouge à Alger, professeur de droit à La Havane, passeur clandestin entre le Chili et l'Argentine. Quand il est revenu en France, ses anciens copains étaient ministres ou publicitaires. Il a préféré s'installer à Nice... Il est devenu l'avocat de tous les marginaux de la côte.

— Il faut que je le voie tout de suite...

— Il va bientôt rentrer.

Je m'effondre sur le sofa. C'est trop. Debby ? D'accord, ton mari est parti depuis quinze ans. Mais tu t'es collée avec ce type ! Un illuminé qui a aidé le FLN et même l'OLP...

— Tu sais, Sam... ça lui fait tout drôle d'être avec la sœur d'un flic. Tes copains l'ont recherché plus d'une fois ! Il a passé plus de quinze ans à jouer au révolutionnaire professionnel... et maintenant, dès qu'un gosse d'immigré prend une baffe dans un commissariat, c'est lui qu'on va chercher.

Il arrive, Maurice. On peut pas dire que la frangine se soit dégotté le sosie d'Harrison Ford. Il a jamais été grand, mais maintenant, avec le bide, trois cheveux bouclés autour du crâne et des lunettes demi-lune qui ne quittent jamais le bout de son blaze, on ne risque pas de le prendre pour le maître-nageur de la plage Beau-Rivage. C'est quand même surprenant qu'il se soit habitué à la cuisine de Debby. Il a une bouche à ne manger que du pastrami et des harengs marinés. Je sens qu'il veut me la jouer famille. Pour ça, on a le temps. J'essaye le ton pro. Le genre quand avez-vous vu Ariel Cohen pour la dernière fois... Et Marie Bardolo ? J'ai l'impression qu'il ne m'entend pas. Il va droit vers le buffet. Le buffet de maman ! Il est gonflé. Il se sert une rasade de scotch avant de daigner me répondre.

— Ariel est venu me voir hier. Mais pour une affaire qui n'a rien à voir avec tout ça. Il était question de l'expulser de sa boutique. Le proprio veut rénover l'immeuble, faire des appartements de standing. Donc, plus de boutique avec des perroquets qui hurlent en arabe... Pour le reste on a parlé de l'OAS, comme d'habitude.

J'aime pas qu'on me parle de l'OAS. J'ai comme un malaise. Je regarde Maurice Bernstein. L'étudiant en droit qui découvrait Alger. Il savait tout mieux que nous. Les colons, le FLN. C'est vrai, je ne comprenais rien, Maurice. Je ne savais pas qu'il fallait partir. Pour toi, le Beth Baruch, l'OAS, tout ça c'est du kif. Il va vraiment falloir que j'aille me farcir cette petite bande ? C'était simple, j'allais chez Bardolo, un nazi d'extrême-droite, je le faisais plonger...

— Est-ce qu'il avait l'air inquiet, votre Cohen ?

— Pas plus que ça... Sur la boutique j'étais certain de gagner le procès. Maintien dans les lieux ou, alors, un paquet d'indem ! Mais il avait reçu des menaces. J'ai d'abord pensé qu'on s'amusait à lui foutre les jetons. Ici, les gens sont prêts à inventer une guerre quand il y a de la pierre en jeu. Ils auraient vendu les galets de la plage et le môle du port si la crise n'était venue mettre un peu d'ordre. Cohen, gauchiste israélien, en conflit avec un propriétaire qui a ses entrées à la mairie ! Ces gens sont capables de les fabriquer, les menaces. Ils sont même foutus de balancer du plastic ou de mitrailler le rideau de fer de la boutique. Mais un contrat... ce n'est pas leur genre. Si Ariel avait possédé un gros bout de terrain, je ne dis pas. Mais pour une minuscule boutique, on ne tue pas. Et ce n'est pas leur genre de laisser un cadavre devant sa maison. Ils font tout disparaître dans le béton... Pour moi, il n'y a que deux solutions... Une affaire politique ou Bardolo.

— Deux... C'est une de trop ! Et la fille ?

Reb Ascher sursaute. Peut-être veut-il me détourner de toute pensée qui mène vers Marie ou Myriam, vers cette fille qui incarne les merveilles de l'Orient, celle qui faisait disjoncter Gambotti au point de l'envoyer, qu'est-ce qu'il racontait, *c'était à Mégara, faubourg de Carthage, dans les jardins d'Hamilcar.* Il faut que je la trouve, que j'aille là-bas. Le destin m'amène vers la Méditerranée et m'invite aussitôt à la traverser. Il y a sûrement un vol demain. Je sens que je vais partir pour Israël... Iérouchalaïm... Depuis le temps que je chante ça. Iérouchalaïm... La voix coupante de Reb Ascher me ramène sur terre. Est-ce bien le rôle d'un rabbin que de ramener sur terre ?

— Sam... Pourquoi dis-tu, quand il y a deux, c'est une de trop ?

— Barouch Achem, Reb ! Deux solutions dans une enquête, c'est une de trop.

— Sam... Tu ne sais plus qu'est-ce que c'est deux, pour nous ?

— Deux ? Bien sûr que si, Reb... Deux sont les Tables de la loi !

— Voui... c'est bien... Et une de trop ? Tu es sûr ?

Un souvenir de pessah monte d'un coup en ma mémoire. Je vais lui clouer le bec, à ce rabbin !

— Reb... Il faut bien deux Tables de la loi... Il n'y a rien de trop... Mais Un est supérieur à tout... Vous voulez que je vous le chante. Erhad Elohénou. Elohénou ! Elohénou... Un est notre dieu ! Voilà pourquoi, je cherche une solution et une seule.

— Voye, soupire le Reb, mais pour trouver Un qui est Dieu, il faut deux Tables de la loi !

Comment s'appelle le crime lorsque l'on assassine ce genre de type ? Rabbinicide, zéloticide, tsadikicide ?

— Suffit, Reb ! Pour Un, il faut les deux tables, d'accord. Mais il faut aussi les dix commandements, les douze tribus d'Israël, les dix plaies d'Egypte, les six jours de la Genèse plus le septième pour Shabbath, les trois patriarches, Abraham, Isaac et Jacob, les cinq livres de Moïse, les six cent treize mitzvoths et les quatre mères, Sarah, Rachel, Léa et Rebecca... Attendez... Je cherche une mère et une seule ! Bernstein ! Vous savez quelque chose sur Marie Bardolo ?

— Je l'ai mise dans l'avion. Elle sera bientôt arrivée. On a des copains qui la prennent en charge.

— Je peux vous faire radier du barreau avec une histoire pareille ! Il y a un meurtre... Enfin deux. Et si le gosse n'est pas mort, il y a enlèvement d'enfant.

— Ah ! Vous avez écouté les salades de Debby ! Le gosse est mort, Bardolo l'a tué, fourrez-vous ça dans le crâne. J'étais partie civile pour la mère.

— Maurice, soupire Debby, tu sais bien que l'on a jamais retrouvé le cadavre !

Ça ne doit pas être la première fois que la frangine tente de semer le doute en l'esprit de l'avocat. L'hypothèse d'une survie miraculeuse de Philippe Bardolo l'agace visiblement.

— Je sais ! Bardolo s'en est tiré grâce à ce principe : pas de corps, pas de meurtre... Mais ni Ariel Cohen ni Marie ne m'ont laissé entendre qu'ils avaient escamoté le gosse. En revanche, le conseil du docteur Bardolo a laissé planer des sous-entendus tout au long de sa plaidoirie... Et puis cette histoire de môme est devenue secondaire. Il y a un cadavre, celui d'Ariel Cohen...

Je regarde Bernstein et je me souviens brusquement d'un truc sur ces foutus ashkénazes. Le principe du faux mensonge. Si tu me dis que tu vas à Varsovie, c'est que tu veux que je croie que tu vas à Lemberg. Si tu veux que je croie que tu vas à Lemberg, c'est que tu vas vraiment à Varsovie. Alors, pourquoi tu mens ? Je me tourne vers Reb Ascher. Je sens qu'il va s'évader de la conversation sous prétexte de bénir la nourriture ou les étoiles qui scintillent dans le ciel. Une prière inhabituelle sort de ses lèvres. Une de celles que l'on dit chaque samedi à la synagogue, mais pas n'importe quel soir au beau milieu du repas.

— Eternel notre dieu, roi de l'univers, étend tes bienfaits sur la République française et sur le peuple français ! Tu vois... Il y a une certaine sagesse dans le droit. Pas de cadavre... pas de crime ! Donc, nous pouvons croire que l'Eternel a protégé la vie de cet enfant.

Cette belle théorie ne me fait pas monter au ciel, mais Bernstein, lui, grimpe directement au plafond.

— C'est avec ce genre de raisonnement que l'on a fondé le révisionnisme !... Or ma théorie à moi, c'est que Bardolo a fait disparaître le corps du gosse avec la même méthode que les quelques millions d'autres. Il l'a cramé. Les cendres, c'est facile à escamoter. En revanche, l'assassin ou les assassins d'Ariel tenaient à ce que l'on retrouve le corps... C'est peut-être une vengeance signée Bardolo... Mais je serais à votre place, Benamou, j'irai quand même poser quelques questions au petit noyau de Beth Baruch.

— C'est maintenant que vous dites ça ? Ariel Cohen a été tué ce matin. J'ai passé la journée à échafauder des théories sur Bardolo. Pendant ce temps au lieu de me prévenir, vous vous êtes démerdés tous les trois pour m'escamoter un témoin... Et peut-être même une coupable. Maintenant que le soleil est couché, il faudrait que j'aille embarquer des gens dont je viens tout juste de découvrir l'existence et dont les liens supposés avec le meurtre relèvent de l'exégèse politique !

— Les flics décidément se ressemblent, soupire Bernstein... Vous avez toujours le temps ! Et vous êtes incapables de prévenir une menace... Les assassins de Cohen peuvent attendre, c'est vrai... Ils ne le tueront pas deux fois... Mais s'ils ont établi une liste de victimes, il vaudrait mieux s'en occuper avant le prochain meurtre.

— Il y a un petit problème, Bernstein... Si l'assassinat d'Ariel Cohen est l'œuvre d'une bande de fanatiques, il n'a rien avoir avec la disparition de Philippe Bardolo. Et, dans ce cas, je ne suis pas chargé de l'affaire.

— Splendeur de la bureaucratie policière ! En vérité, le grand inspecteur Samuel Benamou craint de découvrir des juifs assassins...

Si ce type ne s'appelait Bernstein et s'il n'était sous le toit de ma sœur, je me fâcherais très sérieusement. Je vais relever le défi immédiatement. je ne relève pas l'insulte. Je prends seulement un renseignement utile.

— Où c'est qu'elle crèche, votre bande de nazes ?

La voix de Debby m'ôte toute velléité de me précipiter chez les zélotes du grand Israël. Le bouillon va être froid. Non, pas ça. Il faut que la semoule soit un peu tiède et le jus bien bouillant. Elle a tout fait, Debby, les boulettes, la poche de tripes de mouton. Bernstein s'est totalement converti à sa cuisine. Nous sommes en phase sur ce point : il est hors de question de vexer la frangine côté couscous. Il n'en restera rien. Je mange consciencieusement. Et j'envisage ouvertement de renvoyer les fous de dieu comme le docteur Bardolo au lendemain. Reb Ascher entame ses prières digestives et je reprends mon accordéon. Juste quelques notes pour me dérouiller les doigts.

— Je sais bien que vous ne pouvez pas débarquer comme ça, insiste Bernstein... On n'entre pas la nuit chez les gens. Mais il faut au moins les surveiller. Ils peuvent avoir d'autres cibles.

— Vous par exemple ?

— Oui... nous...

— Comment « nous »... Deborah aussi ?

Bernstein hoche la tête. Si ma sœur est en danger, c'est autre chose.

Le temps d'appeler Liou Pin pour qu'il s'amène avec la Clio, je suis déjà dehors. J'ai une nuit de train dans le dos, du rosé corse et du Moïse Taïeb au fond de l'estomac, sans compter les anisettes. Ça glisse tout seul les anisettes et ça me donne des idées... Le prophète Elie prendra les traits d'un mendiant... En fouinant dans les placards de la frangine, je déniche une djellabah. Une vieille harde qui date de mon grand-père. Tant pis pour le sacrilège, je la piétine, je la macule au bouillon de couscous. Je me coiffe d'une calotte, pas une kippa minuscule mais un de ces trucs brodés qui tiennent toute la tête. Avec des babouches avachies et mon vieil accordéon, j'ai tout du juif errant... Je complète mon équipement en empruntant la canne des vieux jours du paternel et un cabas du super-Casino dans lequel j'entasse deux livres de prières, une bible et quelques objets ramassés au hasard.

Bernstein me refile une adresse. Il me prodigue des conseils de prudence. J'ai bouclé mon holster sous la djellabah et avec Liou Pin quelque part en protection, ça devrait aller.

La yéshivah des frapadingues crèche au boulevard du Tsarévitch. C'est une de ces vieilles baraques qui faisaient prendre Nice pour Florence. Trois palmiers dans le jardin. Des murs dont la peinture ocre s'écaille dans le halo d'un réverbère. J'ordonne à Liou de se planquer, tous feux éteints, le téléphone à portée de main. Quelques notes pour me mettre dans l'ambiance... Une musique hassidique s'élève dans la nuit, sur le boulevard du Tsarévitch...

En principe, lorsque les étoiles scintillent au-dessus de la Baie des Anges, ça ne se fait pas. Des fenêtres s'éclairent. Le commissariat doit être bombardé d'appels. Je me lance dans la musique traditionnelle, comme dans les mariages, et je chante aussi fort que je peux en m'appuyant sur la porte de la villa. Un cantique joyeux annonçant des réjouissances sur le ciel et sur la terre... *Ysmerou — lé-cha-ma-a-ïm...* Derrière les volets j'entends des voix qui m'accompagnent... Je poursuis en annonçant la paix pour les enfants d'Israël. *Ossé shalom-shalom-alénou...* Deux lampes bleues surgissent sur le boulevard. Une voiture pie, et un car pour un simple mendiant qui chante en pleine rue... C'est vraiment trop d'honneur ! J'avais pourtant dit à Liou Pin de ne pas en faire trop... seulement voilà... le dernier modèle de la grosse cylindrée Citroën surgit de la nuit et s'immobilise devant la voiture pie. A trente mètres dans le noir je reconnais la silhouette, c'est celle du commissaire Martinez. Le bon Fournier essaye de s'en débarrasser, mais je vais tout louper si je ne continue pas à jouer et à chanter. L'ennui, c'est que Martinez n'a pas l'air d'aimer la musique juive. Et il avance droit sur moi ! Encore un mètre et il va me reconnaître sous mon déguisement. Je n'ai pas d'autre solution que de me plier en deux pour lui assener un bon coup de boule. Je recule d'un bond vers la maison pendant que Fournier relève son supérieur pour le ramener à la voiture.

Derrière moi une porte s'ouvre. Une main charitable me tire à l'intérieur. Tout a marché comme je l'espérais, à un fâcheux détail près. Je suis dans la place, pauvre schnorer recueilli par les fous de Dieu.

Je me laisse glisser dans la maison, non sans avoir caressé de mes doigts la mézouzah accrochée au linteau. Une barbe apparaît dans la pénombre, je me retrouve devant un maigrichon au visage encadré de nattes. Il est sapé comme l'arrière-grand-père de Bernstein, avec un kaftan et un galurin noir. Le rabbin Isaac Ascher lui-même n'oserait pas sortir ainsi. Je bénis l'hospitalité des hassidim et je suis mon hôte dans la pièce où une dizaine de ses congénères psalmodient des prières.

Dehors, les sergents de ville ont pris position autour de la maison. Je m'agrippe à mon accordéon et je pousse le plus fort possible une bonne vieille chanson sioniste. *Iné-ma-a-tov-oumanaïmchev'héta'him...* Machinalement les prieurs me suivent. Le maigrichon tente de nous inviter au silence mais je fais défiler mon répertoire. Ils vont danser bientôt... Je suis une apparition... Ma voix couvre les coups que l'on frappe sur la porte...

— Police ! OUVREZ IMMEDIATEMENT ! POLICE ! Vous m'entendez ou quoi ?

Il a de bons poumons, le collègue. Le maigrichon essaye de ramener le calme. On ne peut pas dire qu'il m'accueille comme le Messie, mais ses disciples ont comme un doute. Je les invite à chanter avec moi, ils me suivent, je vais bientôt les faire danser au désespoir du maigrichon.

— Je vous en prie... lâchez cet instrument !

— Comment, mon frère, tu veux que j'arrête ? Je suis venu vous apporter la joie car c'est dans la joie que l'on doit célébrer l'Eternel !

Il fait un pas vers la porte et se prend les pieds dans la babouche que je viens de lancer.

— Il faut leur ouvrir, gémit-il.

Je le regarde avec une infinie miséricorde...

— Comment, mon frère, tu veux me livrer à la police française ? Qui es-tu pour agir ainsi ?

— Je suis le rabbin Lioubtchansky...

— Quel rabbin livrerait un schnorer qui chante dans la nuit ? Si le Messie entrait ici tu serais foutu de ne pas le remarquer !

Le plus âgé de la bande, qui doit avoir au moins trente ans, lève les yeux et me regarde avec un air chargé d'inquiétude.

— Le Messie ne viendrait pas troubler la prière... d'ailleurs il s'élèverait de la prière elle-même... Tu n'es qu'un imposteur, schnorer...

— Les mendiants sont sacrés, le sais-tu ? Mes pas me guident vers vous. Je suis celui qui va de ville en ville pour chanter la parole divine.

— Dans cette maison, nous chantons la parole jour et nuit, rétorque l'ancêtre.

— Vous chantez la parole mais vous ne la respectez pas.. Car il est dit que ta demeure doit rester ouverte à celui qui passe... Et si j'étais le prophète Elie ? Pourquoi n'y a-t-il pas sur la table un verre de vin pour le prophète, pour le visiteur qui peut à tout moment solliciter l'asile ?

La porte vibre de nouveau sous les coups. Je m'accroche à mon accordéon et je me remets à chanter.

— Tu es un imposteur, schnorer, hurle le petit rabbin... Le prophète ne viendra pas en semaine... ce sera un shabbath ou un yom tov !

— Je viens de la nuit des temps et je ne suis pas regardant sur le calendrier !

— Qui que tu sois... respecte le silence de la nuit et nous t'écouterons !

— De quoi avez-vous peur ? De la police ? C'est le Tout-Puissant que vous devez craindre... La police, je m'en charge... Rassemblez-vous dans la salle à manger et priez. Je vais les voir.

Je sens que mon charisme commence à opérer. Je jette un œil prudent à travers le judas. Martinez s'est effondré sur la banquette de sa bagnole. A considérer la manière dont ma calotte s'est enfoncée sur le crâne, j'ai dû y aller un peu fort. A moins que Martinez ne s'effondre à la moindre pichenette, ce qui ne serait guère surprenant. La maison est littéralement cernée. Fournier s'est installé au volant de la Citroën. Il va ramener son patron et le dorloter un brin. Liou Pin est en planque, à sa place. Dès que Fournier démarre, j'ouvre à mes collègues. En me voyant, Liou Pin bondit hors de sa planque. Je montre ma brème au brigadier médusé. Liou est suffisamment connu pour confirmer mes dires. Ils vont s'éloigner, mais pas trop. Je crois qu'ils sont très inquiets, les municipaux, en entendant un inspecteur de première classe leur crier : « Allez en paix... la volonté du Seigneur sera bientôt établie sur la terre et dans les cieux... »

Je répète trois fois la formule en français puis en hébreu et j'appelle à moi les membres de la communauté pour qu'ils assistent au départ piteux des flics. C'est un tout petit miracle, mais c'est un miracle quand même. Je reprends mon accordéon, je chante, ils me suivent à travers la maison. Le grand salon de la villa conserve le souvenir d'une ancienne splendeur, les murs sont décorés de fresques dont les couleurs s'estompent et des anges de stuc se décomposent au plafond. La pièce est devenue un oratoire, des livres de prières traînent un peu partout et le tabernacle masque une ancienne cheminée de marbre blanc. Je baise respectueusement le rideau de la Torah, je prononce des paroles sacrées et j'élève de nouveau mon chant vers l'Eternel. Tout le monde fait cercle autour de moi, les barbus, les femmes emperruquées, les gosses tirés de leur sommeil. Je vais les faire prier toute la nuit, jusqu'au lever du jour, jusqu'à l'heure de dire *Chema Israël*... Et il se produira dans la nuit un autre miracle dont je fais la prophétie. Un saint homme viendra, il frappera trois coups sur votre porte, mais pour cela vous devrez chanter et chanter encore... L'accordéon s'adapte merveilleusement à la musique hassidique. Ils dansent maintenant. Ils dansent pour que le miracle s'accomplisse. Il ne se passe pas une heure avant que trois coups ne se fassent entendre. L'assistance frissonne. Son émerveillement se mêle à la crainte. J'ordonne que l'on ouvre et Reb Ascher paraît. Il est revêtu de son talit et s'avance lentement vers le tabernacle. Le vieux rabbin saisit les rouleaux de la Loi et les examine tandis que l'assistance retient son souffle. Reb Ascher enfouit son visage dans ses mains et reste longuement prostré avant de jeter sur nous un regard empreint de tristesse.

— Cette Torah, soupire-t-il, n'est pas conforme à la tradition. Elle a été copiée à la hâte...

Un murmure d'effroi parcourt la petite communauté.

— L'heure du pardon est proche, lance gravement Reb Ascher, nous allons dire Havinou-Makénou.

Lioubtchanski proteste et invoque le calendrier. Pourquoi dire brusquement les prières du kippour ? Le regard méprisant de Reb Ascher suffit à le faire taire. L'office commence et tous égrènent la liste des péchés en se frappant la poitrine. Et la voix du rabbin de Belleville appelle la clémence des cieux avant de prononcer un Kaddish qui achève de terroriser l'assistance.

Nous n'avons pas répété mais le numéro est parfaitement au point. Le petit rabbin Lioubtchantski ne la ramène plus quand Reb Ascher se lance dans un longue prophétie. Il parle de l'imminence des temps messianiques, de la colère qui va bientôt se répandre sur ceux qui ont péché devant la face l'éternel. Puis, dans un silence pesant, Reb Ascher se dirige vers la porte et disparaît dans la nuit.

Je me frappe le front et je me tourne vers les disciples.

— Quelque chose a froissé le saint homme... Une présence maléfique... Une âme errante venue pleurer en lui et qui retarde l'heure du pardon. Ou bien encore un repentir inachevé... Il vous faut prier et prier encore...

Je les fais prier sans répit jusqu'à l'aube. Je me pénètre des principes de Baal Chem Tov... Dansez, mes frères, que la joie de la Torah entre en vous ! Ils me suivent jusqu'à l'épuisement.

Et l'aube enfin blanchit le ciel et le premier je dis les mots du *Chema*. Et tous répètent après moi les paroles. Et je demande si les épouses ont pétri la pâte le soir, afin qu'elle lève le matin. J'exige qu'une odeur de café emplisse la demeure, que les femmes se précipitent à la cuisine et qu'elles fassent cuire le pain, car telle est la volonté de l'Eternel. Et les femmes aussitôt accomplissent ma volonté.

Bientôt la table est dressée, il y a des brioches toutes chaudes, avec du lait et du miel que je bénis aussitôt. Nul n'ose me questionner. Je sens une joie mêlée de terreur. Le moment est venu de leur parler.

— Voilez votre face devant moi et devant celui qui commande à toutes choses, car vous avez gravement péché devant lui... L'ange de la mort est venu dans cette maison, vous l'avez appelé contre un de vos frères...

Le silence se fait autour de moi. Je regarde les mines inquiètes. J'essaye de mettre toute la colère du ciel dans mon regard et je leur déverse un morceau de Jérémie :

— Ainsi parle l'Eternel. Vous ne m'avez point obéi, vous, quand il s'agissait pour chacun de proclamer la liberté de son frère, de son prochain ; eh bien moi, je vais proclamer contre vous la liberté du glaive, de la peste et de la famine, et je ferai de vous un objet d'épouvante pour tous les royaumes de la terre. Et je livrerai ces hommes violateurs de mon pacte...

J'ai dû forcer la dose, les gosses fondent en larmes, les femmes s'agitent et l'une d'elles craque franchement.

— Le malheur est sur nous ! Nous avons péché en priant pour qu'il s'abatte sur...

— Sur Ariel Cohen ?

Le petit groupe frissonne. Je reste dans mon rôle de mendiant vengeur et je commence à prier pour l'âme d'Ariel.

Les hommes répètent la prière après moi, excepté Lioubtchansky qui me regarde fixement.

— Vous n'êtes pas un prophète, hurle-t-il... Vous êtes un flic... Ils ont fait venir un flic juif ici... C'est vous... Vous êtes l'inspecteur Benamou !

Je l'attrape par les papillottes, je le colle contre le mur pendant que toute la petite bande se met à piailler. Des femmes entraînent les gosses avec elles et se réfugient dans la cuisine en hurlant. J'exige le silence. Je suis certain de l'accomplissement d'une prophétie : lorsque le soleil sera levé, lorsque le silence se fera sur la yéshivah Beth Barouch, Liou Pin investira les lieux avec une bonne douzaine de policiers. Ainsi les choses étaient-elles écrites et ainsi furent-elles accomplies. La pièce cernée, je quitte mon ton de prophète et je redeviens l'inspecteur principal Samuel Benamou.

— J'ai déjà eu ma dose de Talmud, cette nuit. Alors vous allez me dire, chacun à votre tour, ce que vous savez d'Ariel Cohen... Liou, installe-toi et prends les dépositions. Et je veux toutes les identités.

Les barbus se voilent la face et se mettent à sautiller

sur place. Le guide spirituel me toise avec un mépris qui confine au dégoût.

— Mon frère, tu commets le plus grand des péchés. Toi, un juif, tu viens nous persécuter en te réclamant de cette police qui a mené les nôtres...

Je ne peux pas le laisser finir. Je fais rebondir sa tête une dizaine de fois sur le mur, je le colle d'emblée sur une chaise et je lui ordonne de vider son sac. Il consent à me dire qu'il se nomme Abraham Lioubtchansky, ce que je sais déjà. J'apprends qu'il est né à New York City, en 1969. J'exige son passeport. Il a un visa de touriste et ça fait plus de six mois qu'il est là.

— Liou... Que tout le monde présente ses papiers d'identité. On coffre tout étranger en situation irrégulière ! Et s'il y a des Français dans le lot, on les emmène avec ! Au nom de la loi Charlie ! Complicité d'infraction à la législation sur l'entrée des étrangers, dans le département qui a vu naître Pasqua en personne, on ne plaisante pas avec ça !

Les emperruquées piaillent de plus belle. Les passeports sortent, les uns après les autres. Quatre Amerloques, deux Russes, une Roumaine. Les autres, vrounzais pur porc, dirait Gambotti. Je vais faire appeler le panier à salade. Lioubtchansky me chauffe de nouveau. Il articule quelque chose comme :

— La police française n'a pas beaucoup changé depuis Bousquet.

Cette fois, c'est la bavure assurée, je vais l'écraser contre le mur. Mieux : je tire mon trente-huit de dessous la djellabah et je lui le colle au ras de la barbe. La foi commence à l'abandonner. Il est temps que je balance mon sermon.

— Ecoute-moi bien, Lioubtchansky ! Les juifs américains, je les adore, quand, à la place de la barbe, ils ont une grosse moustache... Tu vois le genre ? Avec un bon havane entre les dents. Ou alors, la gueule passée au cirage, avec au bout des lèvres une clarinette, un saxo, tout ce que tu veux. Mais le genre bigot de Brooklyn, j'encadre pas ! Dis-moi... Est-ce que tu sais chanter ? Un petit truc bien swing ! Et les claquettes, tu connais ?... Et... Ariel Cohen... tu connaissais ?

— Nous n'y sommes pour rien ! C'est la main de l'Eternel. Nous avons seulement prié pour que la malédiction s'abatte sur lui, comme elle s'est abattue sur tous ceux qui trahissent Israël... Mais nous n'avons rien fait.

Je sens ma main trembler. Il vaut mieux que je range le flingue. Tu l'as voulu, Lioubtchansky !

— Lioubtchansky... vous venez d'approuver un meurtre... Vous ne l'avez pas avoué, mais vous l'avez approuvé. Dans ces conditions, je ne peux vous laisser en liberté... A moins que vous n'ayez l'intention de coopérer, en me désignant les meurtriers...

Je l'entends balbutier en amerloque, quelque chose qui doit vouloir dire nique ta mère. Puis il me regarde froidement.

— Si je connaissais l'assassin, je ne vous le livrerais pas. Je ferais tout pour qu'il vous échappe. Il a servi la volonté de l'Eternel et vous, Benamou, vous êtes un traître.

Que voici un bel outrage à ma fonction et à ma personne d'officier de police judiciaire en exercice... J'ai maintenant assez de motifs pour mettre la joyeuse bande au frais !

Je fais signe à Liou Pin. Un car, tout de suite. Juste

les hommes. Les femmes et les gosses, on les consigne dans la maison, sous bonne garde. Je veux les dépositions de tout le monde avant que le soleil ne se couche de nouveau.

Je regarde la piteuse meute de zélotes grimper dans le panier. Je sens comme une satisfaction intérieure. Quelques heures de placard et tout ira bien. Liou va rester dans la maison en attendant qu'une équipe se charge de tout passer au peigne fin. Moi, je récupère la caisse et je remonte à Las Planas.

Là-haut, Reb Ascher dort sur le canapé en laissant échapper des soupirs. Même en dormant, il ne peut rien faire comme tout le monde. Il pourrait ronfler ou même respirer simplement ! Non. Il soupire. Des oye-oye réguliers. Debby m'a préparé une chambre. Un lit bien fait dans lequel je vais glisser. C'est mon lit. Celui que j'avais là-bas. Avec les draps brodés par maman. Une odeur de lavande. Ne t'inquiète pas, je suis rentré. Tu sais, ce soir, tu n'as pas besoin de venir m'éteindre la lumière. Je vais éteindre tout seul. Comme un grand. Je sais bien qu'il faudra que je me lève bientôt. Que je n'aurai guère plus de deux heures de sommeil. Elle s'en fout, Debby, que j'éteigne la lumière.

Je l'entends, de l'autre côté de la cloison. C'est la première fois que je l'entends faire des trucs comme ça. Je vais mettre des boules Quiès. Non, je veux pas savoir que ma grande sœur... Surtout... Avec ce Bernstein... Debby, quand même ! C'est le lit des parents que tu as mis dans ta chambre ! Dis moi, ça lui prend quand le jour se lève ou vous n'avez pas arrêté depuis mon départ ? Je bosse, je fais le clown toute la nuit et, pendant ce temps, ma sœur s'envoie en l'air avec l'avocat de la victime !

4

Je crois que je venais de m'endormir quand une inquiétude m'a tiré du lit. Le sentiment d'avoir été manipulé remonte jusqu'à ma bouche comme une bonne gueule de bois. Pourquoi ai-je embarqué ces doux illuminés ? Parce que Bernstein, surgissant du passé, m'a indiqué la voie ? Il n'y a aucune loi qui interdise de prier pour la mort de son ennemi. Il va falloir que je rame pour arracher des aveux. A moins que le saint, béni soit-il, n'ait placé de solides pièces à conviction dans la maison du boulevard Tsarévitch !

Je me retrouve dans la cuisine, avec un Maurice Bernstein en robe de chambre. Dans la pièce d'à côté, Reb Ascher bénit le jour qui s'est levé bien avant lui. RMC débite ses informations... Mon opération des premières lueurs de l'aube provoque la stupéfaction et suscite même quelques protestations. Bernstein se tord de rire.

— T'as vraiment fait ça ?

Je ne savais pas qu'on se tutoyait, mais enfin, après ce que j'ai entendu dans la nuit, j'admets que Bernstein est mon beauf'.

— Je vais même faire pire... Je les laisse dans leurs cages et je ne les interroge que ce soir. En attendant, je vais monter prendre quelques renseignements sur les cures d'amaigrissement. Mais toi... gaffe, t'as beau pieuter avec ma frangine, je t'interdis officiellement de quitter la ville tant que je n'ai pas récupéré Marie Bardolo. Pigé ?

— T'en fais pas... Je n'ai pas l'intention de bouger. Je plaide tout à l'heure dans une belle affaire de succession. Un vieux plein aux as qui a épousé son infirmière trois mois avant sa mort. Il avait une fille qui n'apprécie pas de laisser la moitié de l'artiche... A la conciliation, je me suis régalé : le juge a mis un certain temps à comprendre que la dame aux cheveux gris, c'était la fille... Son infirmière de belle-mère a vingt-deux ans et elle cinquante !

— J'm'en tape de ton affaire ! T'es pour qui là-dedans ?

— L'infirmière, bien sûr !

J'ai à peine avalé ma première gorgée de café que la clef de Debby fait vibrer la serrure. Elle s'est levée très tôt pour nous ramener du pain frais, du vrai pain cuit à l'autre bout de la ville, rue Droite. La dernière boulangerie qui porte encore le nom de panification. Là-bas, ils font des panisses et des pissaladières à l'oignon avec une petite olive au milieu. Elle a ramené tout ça. Un vrai festin. Et il y a le journal, *Nice-Matin*, qu'elle étale sur la table. Un titre de cette taille, ça s'appelle une manchette.

UN CONTRAT

SUR LA TETE DE L'OISELEUR

Mais ce n'est rien. Il y a un supplément, une édition spéciale, avec une autre manchette.

RAFLE MUSCLEE

CHEZ LES JUIFS RELIGIEUX

L'éditorialiste se vante d'avoir écrit et fabriqué à cinq heures du matin ce supplément illustré d'une photo de la maison gardée par la police. J'en prends plein ma tronche. « L'inspecteur principal Benamou n'a pas tardé à employer une méthode forte qui rappelle aux Niçois de tristes souvenirs. Originaire d'Algérie, Samuel Benamou a sans doute été marqué par le climat de violence dans lequel se déroulait son enfance. » Il se prend pour mon psy, ce pisse-copie. Je ne suis pas certain qu'une enfance se déroule « dans » un climat. On vit sous un climat, non. Qu'est-ce qu'il sait de celui d'Alger ? Ce n'est plus la peine de compter sur l'incognito. C'est la deuxième fois que ma photo s'étale dans le canard. Sur trois colonnes. Avec une belle légende : « Muté à Nice après quelques exploits des plus discutables... »

Je m'attends à un bruit trop familier. C'est cela. La sonnerie du téléphone. Mes respects, monsieur le divisionnaire. Jean-Toussaint Gambotti n'aime pas qu'on le tire de son lit à sept heures du matin. Surtout quand il s'agit du préfet. J'apprends que tout le monde s'y met. Le consul des Etats-Unis, la LICRA, SOS-Racisme. Il y a même un télégramme d'un rabbi de Brooklyn. Et une protestation véhémente de l'Association des amis du Likoud qui me compare à la police juive du ghetto de Varsovie. Faut quand même rien exagérer. Mais Gambotti insiste. Il essaye de m'expliquer qu'avec les « israélites », il faut être prudent, ce qui personnellement m'amuse beaucoup.

— Même avec un « maquéreau » de chez eux, je fais attention, hurle-t-il.

Je tente de lui faire comprendre que ce complexe ne m'atteint pas, que je me sens parfaitement en paix avec ma conscience tant professionnelle que personnelle, mais il continue.

— Avec toi, je m'attendais à tout... Mais une rafle ! Et tu ne connais pas la meilleure ? Les élus Front National, oui, môssieur... Ils t'accusent d'abuser de ton autorité pour régler des comptes internes à la communauté dont tu es membre ! Ils te disent ceci : « Il y a suffisamment de choses qui divisent les Français pour que l'on ne vienne pas importer les conflits d'un autre pays ! »

Autrement dit, le tout-Nice s'est réveillé pendant que je dormais d'un sommeil agité. L'information a circulé à toute vitesse.

J'arrive, monsieur le divisionnaire, j'arrive. Une douche, quand même. Un coup de rabot. Un rien d'eau sauvage de chez Dior. Gyrophare, sirène. Quand je débarque au SRPJ, le képi de garde me lance un super clin d'œil. Les hommes du rang se marrent. Je préfère ne pas savoir pourquoi. Gambotti, lui, ne rigole pas du tout. Il veut un coupable. Immédiatement. N'importe lequel, mais la « rafle » doit être justifiée avant midi. Je tente vainement de lui faire approuver ma stratégie mais il n'est pas question de laisser mes suspects au frais. Le commissaire Martinez rôde dans les parages. Il me demande de lui livrer le salaud qui s'est permis de lui éclater l'estomac. Je fais un effort surhumain pour coincer mes zygomatiques.

— Je suis vraiment désolé, Martinez, mais j'ai besoin de chauffer tout le monde, même le clodo.

Martinez écume de rage. Il me promet d'alerter l'inspection des services, le préfet, la direction de la Police nationale et même le ministre. Il a intérêt à chercher les relations en haut, Martinez, parce qu'en bas, ses subordonnés le détestent assez pour lui cacher la vérité. On ne lui a rien dit. Pourtant, outre Fournier, il y a au moins un brigadier et trois agents de base susceptibles d'établir une relation entre le clochard agressif et l'inspecteur Benamou ! Sans parler des flics de la descente du matin. Silence dans les rangs ! Martinez peut bien gueuler que je lui ai piqué son enquête et que j'ai tout foutu en l'air ! Je lui fais savoir très clairement que je l'emmerde et je descends dans le demi-sous-sol.

Mes prisonniers prient et chantent sans interruption. Ils refusent toute nourriture qui ne serait pas strictement cashère. Rien ne presse, il se sont goinfrés de brioches ce matin. Quand je pointe mon nez, Lioubtchansky lance une malédiction que les autres reprennent en chœur. J'annonce mon intention de les interroger un par un et je grimpe dans mon placard. Une heureuse surprise m'attend. Liou Pin au rapport. Il a trouvé des armes dans la villa. Et deux photos d'Ariel Cohen. Je pousse un cri de joie. Je les tiens ! D'après Liou, ça ne sert à rien d'embarquer les femmes. Ça ne ferait qu'un scandale de plus pour ne rien apprendre. Ces gamines passent le plus clair de leur temps entre la cuisine et l'éducation des enfants. Elles se tiennent à l'écart des activités politiques et militaires de leurs hommes. Leurs mères avaient sans doute exagéré côté féminisme !

Je fais venir mes suspects les uns après les autres, en gardant le guide spirituel pour la fin.

Les deux premiers refusent toute déclaration. C'est à peine si je récupère leur identité. J'ai droit à deux doses de malédictions. Le troisième semble plus coopératif. Il a des papiers parfaits.

Nuissenbaum Jérémie, né à Paris !

— Inspecteur, j'ai une déclaration importante à faire, dit-il, dans un sourire...

Je cale mes deux mains sur le clavier du Mac. Je regrette les Japy d'autrefois, leur bruit sec.

— Je vous écoute, Nuissenbaum !

— Je suis l'homme qui a connu la misère sous la verge de son courroux. C'est moi qu'Il a poussé et fait marcher dans les ténèbres que ne traverse aucune lueur...

— Merci, je connais... Tu n'as rien d'autre que les Lamentations ?

— Les cieux racontent la gloire de Dieu, et le firmament proclame l'œuvre de Ses mains. Le jour en fait le récit au jour, la nuit en donne connaissance à la nuit !

Calme, Benamou, calme. Je regarde Nuissenbaum et je lui sers, de mémoire, la suite du Psaume de David.

— Point de discours, point de paroles, leur voix ne se fait pas entendre. Sur toute la terre s'étend leur harmonie, et leurs accents vont jusqu'aux confins du monde, là où Dieu a assigné une demeure au soleil...

— Pourquoi nous persécutez-vous, Benamou qui êtes notre frère ? Vous devriez être des nôtres... J'ai cru en vous cette nuit, lorsque vous êtes apparu tel le prophète...

Abandonnez les habits de la trahison et venez avec nous suivre les enseignements de Baal Chem Tov...

J'essaye la méthode douce. Je lui montre la photo d'Ariel Cohen. Celle que l'on a prise hier matin. Ariel gisant sous les oliviers de son jardin. Je guette ses réactions. Je le crois troublé.

— Nous avons demandé au Saint béni soit-Il de châtier ceux qui bradent la terre d'Israël et remettent le tombeau des Patriarches entre des mains impies... Mais nous n'avons pas tué nous-mêmes Ariel Cohen.

— Vous avez préféré engager des tueurs ?

— Je n'ai jamais dit une chose pareille ! Le Saint béni soit-Il nous a écoutés. Vous feriez bien de l'écouter aussi ! Le Messie viendra bientôt, Il sauvera les justes mais ce jour-là tous ceux qui s'opposent à la volonté de l'Eternel seront anéantis. Surtout lorsque ce sont des juifs qui, connaissant l'enseignement de la Torah, refusent de le suivre...

— Tu as une drôle de Torah, toi... La mienne dit : « Tu ne tueras point », et elle interdit aussi d'invoquer Dieu à tout propos ! Parle-moi plutôt des armes que l'on a trouvées chez vous.

— Nous partirons bientôt pour la terre d'Israël. Nous devons être armés.

— Ça ne colle pas. Là bas, on arrive sans armes. Il y a tout le nécessaire sur place. Et les avions sont sous haute surveillance.

— Nous n'avons pas l'intention de prendre l'avion. Le moment venu, un navire chargera tous les groupes semblables au nôtre. Nous formerons la nouvelle Irgoun et nous débarquerons en force pour reprendre les terres que les traîtres ont abandonnées.

— C'est ça, vous allez nous jouer *Exodus* et *Le Jour le plus long* en un seul film ! Il y a beaucoup de cinglés dans votre genre ?

— Nous sommes le premier détachement. Il y en aura d'autres. Nous sommes plus de dix millions en diaspora... Ils se lèveront partout, ils fréteront des navires et une formidable armée libérera le pays que l'Eternel nous a remis.

— Pour l'instant, vous êtes dix... Je ne donne pas cher de vos peaux !

Je consigne ses propos, je les fait surgir de l'imprimante. A ma grande surprise, Nuissenbaum signe sans broncher. Ça ne me donne pas encore l'assassin de Cohen mais au moins ma « rafle » trouve sa justification. Détention d'armes. Organisation paramilitaire. Complot contre la sécurité d'un pays ami de la France. J'envoie Nuissenbaum chez le juge et je fais monter le suivant. Il a tout juste dix-huit ans et une barbe des plus clairsemées. Je le sens très inquiet. Il hésite à décliner son état-civil. C'est gentil de me ménager.

— Siksou, David... né le 28 septembre 1977... à Nice...

— Je rêve ! David Siksou... Le fils du cousin Siksou !... Je te préviens, ici, j'ai pas de famille... Je ne connais que mon devoir. S'il fallait boucler ma sœur, je bouclerais ma sœur...

— Vous ne l'avez pas fait !... Mais c'est elle qui a fait disparaître Marie Bardolo.

— Qui t'a dit une chose pareille ?

— C'est elle... Moi, je l'ai juste prévenue de la mort de Cohen... Elle m'a remercié et elle m'a dit que Marie serait bientôt en sûreté.

— Qui t'avait informé du crime ?
— Personne... J'ai abattu Ariel Cohen ce matin !
Le gamin semble sûr de lui. Je fais finir par croire qu'ils ont raison, que j'ai gravement péché, que le doigt vengeur me désigne. Je suis Job sur son fumier. On ne peut plus rien pour moi. Le fils du cousin Siksou ! Un tueur mystique. Ce n'était pourtant pas le genre de son père ! Il avait horreur de la guerre et des armes. Il a fait ses valises en 61 pour se lancer dans le bizness. Quand le plastic pétait à Alger, Siksou tenait le milk-bar, sur la plage de Villeneuve-Loubet, juste à côté de l'embouchure du Loup. Il n'avait que deux passions, les gonzesses et le pognon. Un mec clair. Juste quelques combines sur l'hippodrome de Cagnes. Trois planches au bord de la route, des canisses et un juke-boxe. Il a fait ses premiers ronds avec du lait frappé, du Coca-Cola et des disques de rock n'roll. Des sacrés disques. C'était la Floride chez lui. Tous les rockers de la côte venaient guincher là, au temps de Vince Taylor et des Chats sauvages. Et puis, je ne sais plus, je suis monté à Paris. Ils lui ont acheté ses galets à prix d'or pour construire des marinas. Il vit comme un nabab, le cousin. Il faut que je passe les menottes à son fils, que je le traîne chez le guignol. Qu'est-ce qui arrive à nos mômes ? David, à ton âge, on frimait avec la 203 à toit ouvrant, on faisait toute la côte, on se serait jamais lancés dans des trucs pareils, on prenait les virages de la Corniche à toute berzingue pour faire hurler les gonzesses. La radio à fond et Siksou qui imitait Frank Alamo, *Biche ô ma biche lorsque tu soulignes au crayon noir tes jolis yeux...* Regarde-toi, David. T'aurais pu devenir chanteur, changer de nom et tout. Mais tu as tué... Pourquoi Siksou

a-t-il fait des mômes si tard ! Tu te crois prédestiné, parce qu'il t'a donné le nom de David ? T'as rien pigé, rien de rien, non rien de rien ! David Siksou, c'était sûrement pour faire DS. On ne rêvait que de DS. Quelle bagnole ! Je m'en souviens de la première DS de ton père, bleu azur, elle était ! Comment as tu fait ça... Je te le demande... Qui a le droit... qui a le droit... qui a le droit...

— Vous ne me croyez pas, monsieur l'inspecteur ?

— Ta gueule, petit con. J'ai rien entendu. J'ai rien vu. Tu n'as rien à dire.

— Non. Ce ne serait pas régulier. Notre organisation va officiellement revendiquer l'attentat. J'ai accompli une mitzvah. J'ai suivi ma destinée. Je n'ai rien à cacher, rien à regretter. Ariel Cohen était une de ces vipères que le peuple d'Israël a réchauffé en son sein. Vous pouvez prendre mes aveux.

— Pas si vite... Tu étais sur le siège arrière de la moto ?

— Non... La moto faisait diversion. J'étais caché dans le jardin. Quand Cohen est sorti, j'ai fait feu, à bout portant, avec un petit PM israélien. Une merveille.

— Et tu es reparti à pied ?

— Jusqu'à l'arrêt du bus. En contournant la maison, il y a un ancien chemin, avec des escaliers. L'arrêt du TNL est juste au bout...

— Qu'as-tu fait de l'arme ?

— Je l'ai fourrée dans ma poche et je l'ai ramenée à la maison. Elle doit être dans le tas que vous avez saisi. J'avais très peu de chances d'être fouillé, et puis je m'en foutais... J'étais décidé à avouer, le Rav n'était pas d'accord, mais moi j'assume.

— Le Rav ?

— Lioubtchansky. C'est notre Rav. Il descend d'une lignée de rabbis. Un saint homme.

— Il t'a ordonné de tuer ?

— Jamais de la vie. Il a juste répandu la malédiction. J'ai senti que quelque chose me poussait... Je suis le seul Niçois dans le groupe. J'ai agi seul.

— Et les motards ?

— Ils n'y sont pour rien. C'est des copains de lycée. Ils ne savaient pas que c'était pour un meurtre. Je leur ai dit que je voulais foutre les foies à un connard pour me marrer. Je leur ai demandé de ralentir devant la maison et de filer vers l'autoroute. Un jeu.

Liou s'est installé dans le bureau. Il écoute en me faisant des signes, il n'y croit pas.

— Siksou... Tu peux revenir sur tes aveux quand tu veux. Le salopard qui t'a demandé de le couvrir, je le coincerai ! Même si c'est ton soi-disant rabbi !

— Je ne couvre personne ! Je suis coupable.

— Bien... Je te sors les aveux, tu n'as qu'à signer.

J'envoie le petit Siksou dans une cellule à part, sans contacts avec le reste des fêlés. Je n'aime pas le sourire de Liou.

— Chef, ça ne colle pas... Les armes saisies n'ont jamais servi. Une simple reconstitution et le petit craque. Je suis convaincu que ce n'est pas lui.

— Ne me dis pas que tu crois encore à ton Bardolo ! Ce n'est sans doute pas le gamin. Mais le coupable est dans la bande. On va les cuisiner les uns après les autres, jusqu'à ce qu'ils craquent. Je ne peux pas me permettre de faire une reconstitution sauvage. C'est le boulot du juge d'instruction.

— J'aurai Bardolo, chef ! Vous verrez... Pour la reconstitution, vous avez tort. On peut emmener le gamin sur les lieux. Ce n'est pas interdit.

Après tout, ce n'est pas une mauvaise idée. En attendant j'appelle le cousin Siksou pour lui demander de se présenter de toute urgence. Il débarque, affolé, et s'effondre dans mes bras. Où sont passés tes beaux cheveux noirs qui les affolaient toutes, Fred ! C'est bien toi, sous ce crâne luisant entouré de quelques cheveux gris ? Que Maurice Bernstein vieillisse, je veux bien. Mais Siksou, c'était le play-boy de la côte, il y avait des nuées de filles dans son bar. C'était une mine d'étrangères et de Parigotes, les soirs d'été. T'es resté mince, quand même. Dès que je te vois, j'entends le juke-box. Les yéyés. Je l'ai connue là-ah-ah-ah, en dansant le yah-yah. Et les ritals. La Gingoletta. Et Adriano Celentano. Tiens, je crois que j'ai une *lacrima sul viso*. Faut que te parle de ton fils. Désolé, c'est le métier. Je sais, tu trouvais ça dingue d'entrer à la maison poulaga. Tu voulais qu'on s'associe dans les affaires. Show-bize, musique et grande vie. J'aurais voulu être artiste ! Mais tu sais, je joue de l'accordéon. Tu crois que j'aurais pu percer, au temps des guitares électriques et des batteries clinquantes. C'est vrai, Enrico, il a fait son trou. Mais j'avais pas un radis, j'étais perdu. J'errais le long des rues. Alors ton fils, Fred...

— Quoi, Sam ! T'as retrouvé David, viens que je t'embrasse.

— Attends un instant... Je l'ai retrouvé, c'est vrai... Mais il avait donc disparu ?

— Il est parti de la maison un jour... Sans rien dire. Ça fait six mois. Je n'ai pas eu un mot, pas un coup de téléphone... Rien. T'as déjà vu ça dans la famille ? Moi jamais ! Où est-ce que tu l'as trouvé ?

— A Nice, boulevard du Tsarévitch... dans une secte intégriste !

— Intégriste ! Tu veux dire Monseigneur Lefebvre et tout ça ?

— Non... les notres.

— David ? Avec une barbe et des pailless ?

— Les pailless, oui. La barbe, il essaye.

Je me décide à lui raconter toute l'histoire du meurtre. Siksou ne se décompose pas tout à fait. Son crâne laisse échapper de véritables torrents de sueur.

— Sam... Je n'y crois pas. David, un flingue à la main ? Ecoute, mon problème avec lui, c'était comment dire... Il est trop sérieux. Tu te souviens comme j'étais déconneur, moi ? Lui, pas du tout. Bon élève, le bac à seize ans, jamais une connerie, ni l'alcool, ni le hasch... Il ne fume même pas ! Il était en... comment t'appelles ça... khâgne, à Masséna... Il préparait Normale sup'. Et il allait à la fac en même temps... Un surdoué doublé d'un bosseur... Je n'en revenais pas d'avoir un fils pareil ! Et puis... un jour... disparu. Rien. Et tu me le retrouves en assassin ? C'est de ma faute ! J'aurais dû l'emmener voir les putes. La religion comme ça, c'est des idées de puceau. Et ces enculés l'obligent à se charger d'un meurtre !

— Il est possible qu'ils l'aient même obligé à le commettre...

— Mais putain ! Je le connaissais, ce Cohen ! Je lui ai acheté des perruches ! Pourquoi David aurait-il tué un marchand d'oiseaux ? Ça ne tient pas !

— Je n'y crois pas non plus... Mais si le gamin maintient ses aveux, je suis obligé de le remettre entre les mains du juge... Je peux demander une expertise psychiatrique ou quelque chose comme ça. On prouvera qu'il a été manipulé par une secte...

Siksou ne m'apprendra pas grand-chose de plus. Ce n'est même pas la peine que je le confronte avec son rejeton. La scène serait trop pénible, je suis un grand sensible et je n'arrête pas de me faire secouer depuis quarante-huit heures. Je vais m'offrir une récré avec Liou Pin, là haut, près de la bicoque d'Ariel Cohen.

Dans le jardin, j'ai une mauvaise surprise. On se croirait au paradis, il y a des œillets sauvages, des tomates qui commencent à mûrir. Des petites feuilles de salade parfumée, des feuilles de riquette rêvent d'être mélangées au mesclun. Les nèfles sont encore vertes. Sous l'ombre de l'olivier, il reste des taches de sang. J'entends Mouloudji. Comme un p'tit coquelicot, mon âme... Je revois Ariel, hier matin. Sa belle chemise blanche. Comme le corsage. Un autre l'aimait qu'elle n'aimait pas... et sous son corsage blanc... Là où battait son cœur... Je m'allonge à plat ventre. La position du tireur couché. Il devait être là. Sous la haie de lauriers roses. Ma main heurte quelque chose de froid. Du métal. Les balles ont bien été tirées depuis le jardin. Il y a les douilles. Martinez peut bien garder le rapport balistique sous le coude, je sais ce qu'il y a dedans : Ariel Cohen a été flingué à bout portant, moins de trois mètres, et le tueur ne pouvait être en moto. Il était là, le tireur. A contrejour, dans l'ombre. Ariel est sorti, avec le soleil dans les yeux. J'ai l'impression de l'avoir connu. D'avoir passé des nuits à refaire le monde. A l'entendre parler des oiseaux, de la guerre, de la paix dont il rêvait. Son jardin me parle. Une petite parcelle de senteurs niçoise. Un bout de terre sauvé des promoteurs. Il y avait plein de jardins comme celui-ci, sur la plaine de la Brague, quand on allait danser, sur les planches, devant le milk-bar de Siksou. Pourquoi suis-je revenu ? Un ordre, une mission. Nice me fait trop mal. Je voudrais tant que le gosse ait menti ! Je contourne la maison. Il y a une petite porte rouillée au fond du jardin. Et un chemin dont les broussailles ont été piétinées récemment. Sur l'arrêt du bus, les horaires correspondent. Le petit cousin est bon pour les trente piges incompressibles. Liou Pin persiste à me parler de Bardolo. Il est persuadé que tout est monté, cousu, ficelé. Il me parle d'hypnose, de techniques d'envoûtement. Moi, j'ai hâte d'aller interroger le rabbi Lioubtchansky. Ça fait une quinzaine d'heures qu'il mijote. C'est un peu court, mais à ce train je vais craquer avant lui.

Liou conduit en farfouillant dans sa poche. Je préférerais qu'il garde ses deux mains sur le volant. Il extirpe le petit sachet transparent dans lequel sont rangées les douilles que nous venons de trouver.

— Chef, les hommes de Martinez ont passé tout le jardin au peigne fin... Et ils ont laissé les douilles ?

— Martinez est un nul... Un coup de boule, il s'effondre !

— Non... Il n'a pas pu laisser une pièce pareille... sauf volontairement. A moins qu'il ne les ait déplacées... Avec lui tout est possible. Donc, pour l'instant, ces petits bouts de métal vont rester dans ma poche.

A la boîte, Gambotti rayonne. J'ai un coupable, tout va bien. Je le salue en grognant.

— Té, Sam ! Où que tu vas encore... C'est l'heure du pastis... Tout le monde veut trinquer avec toi ! Même le Martinez !

Je regarde dehors. France 3 et RMC nous assiègent. Il n'est pas question que je traverse la meute pour gagner le tabac du marché aux fleurs. Ça me donne un bon prétexte pour gagner en vitesse mon placard. Je suis pressé. Je fais claquer un ordre !

— Liou ! Va me chercher ce petit rabbi miraculeux !

Au lieu de se précipiter dans l'escalier qui mène aux cellules, Liou s'installe devant l'écran de son ordinateur.

— Mais qu'est-ce que tu fous ! Allez, exécution ! Va me le chercher !

— Un instant, chef... Voilà... Le fichier des Américains recherchés...

— Il y a quelque chose ?

— Peut-être... Il y a une fiche stup pour un Blanc, moins de trente ans... identité douteuse... L'individu, recherché aux States pour une histoire de came frelatée, aurait été repéré à Monte-Carlo alors qu'il changeait des dollars avec un passeport qui ne comportait ni visa, ni tampon de la police des frontières.

— Il a été embarqué ?

— Non... L'employé du bureau de change s'est contenté de le signaler. Mais c'est tout ce que j'ai... Le passeport était établi au nom d'Alan Blumfeld, San Diego, Californie.

— Et tu crois qu'il y a un rapport entre ce Blumfeld et notre grand chef spirituel ?

— L'âge. Le nom juif. Le nommé Blumfeld est sans doute entré en France avec un passeport de rechange... Pour la suite, il faut que je me branche sur Interpol.

— Branche-toi dans le bureau d'à côté et va me le chercher... J'ai vraiment envie de le voir...

— Respirez, chef, respirez... Une narine après l'autre... J'y vais !

L'Amerloque est encore arrogant. Il réclame un avocat. Je lui fais un bref cours sur la législation française. Pas de bavard pendant la garde à vue ! Le coup de l'avocat, on nous le fait tout le temps. A cause des séries télé. Ils veulent des procès avec objection votre honneur ! Moi j'attaque sur la première faille.

— Quelle est votre identité exacte, monsieur Lioubtchansky ? Vous prétendez avoir pour prénom Abraham... Mais sur votre passeport, je lis Martin Thelonious.

— Mes parents étaient des illuminés et des juifs dégénérés. J'ai bien failli me nommer Martin Luther King Lioubtchansky... Et en plus, ils aimaient le jazz !

Pour la deuxième fois en une matinée je m'interroge sur les générations nouvelles. On aurait dû demander la contraception totale, l'IVG obligatoire ! Comment une génération qui aimait le rock, le jazz et les marches pour la paix se retrouve avec une descendance pareille !

— Et ils faisaient quoi, vos parents ?

— Je refuse d'en parler.

— C'est un interrogatoire, monsieur Martin Thelonious Lioubtchansky, répondez aux questions ! Liou, tu notes tout... absolument tout !

— Mes parents ont une sorte de restaurant dans Greenwich Village. Une boîte infâme avec des musiciens nègres et des photos indécentes au mur...

— Je parie qu'on y mange du porc... Et même pire... Cheese burger bacon. Viande et fromage... T'as honte de tes vieux, hein ! Mais ils n'ont tué personne, eux !

— Ils ont tué l'âme juive dont ils avaient hérité. Ils ont assassiné celle de mon grand frère... J'ai sauvé la mienne grâce au grand Rabbi Schmuel de Brooklyn. Un jour la main de l'Eternel s'est posée sur moi : il m'a dit tu te nommeras Abraham, ta descendance sera bénie et recevra le nom d'Israël. Lève-toi Abraham, emmène ton peuple loin de la cité idolâtre !

— Merci, j'ai déjà lu ça... Vous allez me dire que cela se passait à Ur en Chaldée ?

— Non. Dans Central Park. Je revenais à pied de Columbia, où je suivais de vaines études lorsque l'Eternel m'a parlé. Il m'a dit de prendre immédiatement un taxi pour Brooklyn. Le Rabbi m'attendait dans sa synagogue. Je n'avais jamais vu ce rabbi. Je ne connaissais qu'une brochure et, dès que je suis entré, il m'a reconnu. Il m'a dit : tu es Abraham car telle est Sa volonté. Mais tu seras aussi Moïse et tu auras la force de David et la splendeur de Salomon car tu seras le roi des Juifs !

— Et tu vas lever une armée pour débarquer en Israël.

— Oui. Le rabbi m'a chargé de cette mission. Nous liquiderons le faux Israël des sionistes mécréants et c'est un peuple de combattants de la foi qui débarquera demain pour reprendre Canaan ! Nous avons des disciples partout. Nous serons dans tous les ports de la Méditerranée ! Et prenez garde...

— Doucement. Pas de menace. Il y a détention d'armes et association de malfaiteurs. C'est beaucoup pour un étranger. Pourquoi obliges-tu David Siksou à se charger du meurtre d'Ariel Cohen ?

— Celui qui accomplit une sainte mission n'est pas un criminel. Mais je n'ai rien à vous dire sur cette action dont je ne sais rien. Si le Saint béni soit-Il a parlé à

David, s'Il lui a dit d'immoler le traître, il était juste de suivre la parole. Si le Saint béni soit-Il a dit à David : « C'est toi que j'ai choisi pour répondre du sang de ce traître, car le sang de mon frère doit retomber sur mon frère », alors David doit se charger de ce sang devant la prétendue justice des hommes car un jour viendra bientôt et ce jour-là le Messie tirera le juste de sa prison...

J'écoute, presque fasciné. Lioubtchansky est une machine prédicatrice. Il doit pouvoir parler des heures de cette façon. Entraîner de pauvres types à sa suite. J'essaye un truc. Rien que pour voir.

— Le psychiatre a examiné Siksou... Il a agi sous hypnose. Il sera jugé irresponsable.

Je regarde la version hassidique du gourou ordinaire. Il demeure impassible. Il soutient mon regard avec des yeux que je n'aime pas du tout.

— Naturellement, vous en êtes resté à Freud, inspecteur... Quel conformisme !

Houtspah ! Ça veut dire culot. Pire que culot. Houtspah. Ce mec pétri de superstitions, de préjugés antérieurs à la civilisation chaldéenne, de conneries qui faisaient déjà ricaner Lucie sur les hauts plateaux de l'Ethiopie, ce mec-là me ferait passer l'oncle Sigmund pour une vieillerie.

— Vous avez téléguidé le meurtrier. Siksou ou un autre, mais vous l'avez téléguidé.

— C'est la main de...

— L'Eternel... Je sais. Vos trucs perdent de leur saveur, à force d'être répétés !... Tu vas te mettre à table, vite fait !

— A table ?... Je comprends pas...

— C'est vrai, Môssieur est un peu amerloque. C'est

une expression à nous. Dans le genre dégueulasse, on se met à table pour cracher le morceau. Le truc qui te reste dans la gorge, que tu noies sous des flots de bible... Parce que tu me débites de la petite bible de pasteur alcoolique du Far-West ! Et tu oses invoquer la Torah ! Des sermons en digest, piqués dans les bouquins qu'on trouve avec les capotes dans les tables de nuit des hôtels de chez toi. Tu te figures que tu vas jouer les grands érudits, les exégètes de la foi avec moi...

— Vous tutoyez moi ?

Je demeure impassible. Le premier qui lâche a perdu. Je tente un autre truc.

— Tu as des nouvelles d'Alan Blumfeld ?

— Je m'appelle Abraham Lioubtschanski... Martin Thelonious si vous préférez...

— Tiens donc... Ça me rappelle une vieille histoire juive ! Si tu me dis que tu te nommes Lioubtchansky, c'est que tu veux que je croie que tu t'appelles Blumfeld. Et si tu veux que je croie que tu t'appelles Blumfeld, c'est que tu es vraiment Lioubtchansky... Alors, pourquoi tu mens ?

— J'ai reçu le nom d'Abraham, comme signe de mon alliance avec l'Eternel.

Il n'est pas question de le laisser fuir dans l'imprécation. Il faut d'urgence que je force mon avantage.

— Fais pas le malin. J'ai reçu un fax d'Interpol. Comment s'appelle le machin qui te recherche ? Federal narcotic bureau, c'est ça... Non, Federal bureau of narcotics... Les stups, quoi !

J'ai essayé ce vieux coup par hasard et ça marche. Martin Thelonious Lioubtchansky, dit Abraham, alias Alan Blumfeld, contient difficilement un spasme. Ses papillottes frémissent et son regard chargé de haine se mêle brusquement de crainte si ce n'est de terreur.

— Je... Je... Les doses trafiquées, ce n'était pas moi... Ce que je vendais était correct. Interdit, mais correct. Je prenais moi-même ces choses. Les morts... Je n'y suis pour rien...

Je vais pousser un peu l'avantage.

— Ce n'est pas ce que dit le rapport... En plus, si j'ai bien compris, ce n'était pas à New York... L'Etat qui demande ton extradiction... Il y a la peine de mort là-bas... Comment procèdent-ils ? Injection, chaise électrique, fusillade ?

Il y a un mot que je n'arrive pas à prononcer. Lioubtchanski reprend le dessus, en profitant de cette faiblesse. C'est comme un blocage. Je n'y peux rien.

— Non... c'est la chambre à gaz ! Vous, Samuel Benamou, vous allez envoyer moi à la chambre à gaz ?

Il se met à parler comme un touriste américain. Un instant plus tôt, il employait cet excellent français que l'on enseigne dans les universités américaines. Je ne dois pas me laisser impressionner. Il a peur. Il crève de trouille. Liou a de bons réflexes. Il file dans la pièce voisine. Histoire de me laisser seul avec le prétendu rabbi. J'espère qu'il va vraiment contacter Interpol pour obtenir le rapport. Je manque un peu de munitions. C'est dans quel Etat, la chambre à gaz ?

— On reprend, Martin Thelonious... Vous n'avez pas rencontré Dieu dans Central Park. Vous étiez camé et dealer... Il y a cette histoire de dope foireuse. Vous avez les fédé au cul. Vous vous réfugiez dans une yéshiva, c'est bien cela ?

— Je... Je ne suis plus le même homme... Martin

Thelonius est mort depuis que l'Eternel m'a révélé Abraham !

— Tu ne t'en tireras pas comme ça... T'as changé de drogue, c'est tout. Mais tu empoisonnes toujours de pauvres mômes. Pourquoi Siksou se charge-t-il du crime que tu as commis ?

— Je n'ai pas tué Cohen ! Je n'ai jamais ordonné à Siksou de le faire. Nous avons juste appelé la mort par nos prières...

Je le sens mûrir. Je prends les pinces, je me lève, je marche en jouant avec. Qui m'a foutu ce bureau moderne. Climatisation par convecteur ! On ne peut même plus attacher les prévenus au radiateur. Pas de barreau aux fenêtres. Du double vitrage pare-balles, parfaitement scellé. Je fini par dégotter un crochet dans le mur. Je chope le poignet de Lioubtchanski et je mets l'autre bout de la pince sur cet anneau. Je me demande à quoi ça peut bien servir, un anneau d'acier fiché dans l'Isorel ! Sans doute à ça. A remplacer nos bons vieux radiateurs.

Je laisse mon petit rabbi tout seul. Je vais voir Liou qui joue avec le clavier d'un Mac branché sur Internet.

La photo de Martin Thelonious, imberbe, s'affiche sur l'écran. Recherché dans quatre Etats pour trafic de drogue. A changé plusieurs fois d'identité. Très vilaine affaire dans l'Idaho. Deux gamines de treize et quatorze ans ont crevé de sa came pourrie.

— C'est quoi, son véritable blaze, Liou ? Blumfeld ?

— Non... C'est bien Martin Thelonious Lioubtchanski... Mais quand le FBI a établi son identité, l'homme s'était déjà envolé pour la France, via le Mexique. Avec son vrai passeport. Pendant ce temps, on le recherchait sous divers faux noms... Mais je ne pense pas qu'il soit pour quelque chose dans l'assassinat de Cohen !

— Pour l'instant... tout me porte à croire que ce foutu groupe est responsable ! Et ça ne me donne pas envie de chanter la gloire de l'Eternel !

— Il y a cette histoire de douilles... Le labo refuse de me donner l'étude balistique... Et Martinez exige les prisonniers ! Gambotti nous couvre, pour l'instant... Mais si nous ne donnons pas l'assassin ce soir, il faudra transférer les suspects au commissariat central de Nice.

Je vais laisser cet Abraham Martin Thelonious suspendu à son crochet ! J'ai quand même envie de voir la tête du docteur Bardolo. L'obstination du Chinois ébranlerait les plus belles certitudes et, personnellement, je n'en ai aucune.

— Allez, en route, Liou ! En comptant le temps de l'aller et retour jusqu'à Tourette, une petite heure de causette, nous n'aurons toujours pas atteint la fin du délai de garde à vue.

Je m'attendais à voir Liou Pin sauter sur ses pieds pour foncer joyeusement chez son suspect préféré. Mais il prend le temps de bidouiller longuement le système informatique.

— A notre retour, nous aurons le rapport balistique sans passer par la voie hiérarchique.

5

J'ai chopé quelques provisions avant de filer à Tourette. Un pan bagna dégoulinant d'huile d'olive. Une pissaladière. Une grosse part de socca. Je m'empiffre pendant que Liou Pin fait un exercice de conduite méditerranéenne. Heureusement que j'ai un pack de Kro pour supporter. Il arbore de nouveau ce sourire que je n'aime pas. Nous sommes sortis de la ville. La route commence à ressembler à une vraie route du midi. Des virages. Une campagne de rêve. Les montagnes, droit devant nous. Et Tourrette-Levens. Patelin de cure et de repos. Le vieil hôtel de la place me semble de bon aloi. Quelque chose des années vingt. La manière de tailler les volets de bois. De dessiner une marquise de verre. Je n'ai pas le temps de regarder. Liou vire à toute vitesse et s'engage sur un chemin vicinal. Nous sommes devant un portail hermétiquement clos. Des caméras nous regardent. Les deux battants s'ouvrent miraculeusement. La Clio fait un bond vers l'intérieur et s'immobilise sur un parking.

— Faut aller à pied, chef !

Le petit chemin rocailleux qui monte vers une sorte de château prétentieux fait sans doute partie de la cure du docteur Bardolo. De part et d'autre, des femmes et des hommes plutôt âgés s'affairent à des travaux de terrassement. Ils piochent, poussent des brouettes de pierres, remuent des pelletées de terre. Partout ailleurs, quand on va de Gibraltar à Tanger en faisant le détour par Istanbul, le monde méditerranéen fait la sieste. Ici, on trime. On marne. On sue. Les curistes portent une sorte d'uniforme gris. Une toile façon pyjama. Pantalon et chemise pour les hommes, robe informe pour les femmes. Le personnel soignant surveille la manœuvre. Les forçats volontaires sont surveillés par des équipes de trois. Deux infirmières en blouse blanche et un chef d'équipe en treillis léopard. Il nc manque que les miradors. Mais il y a des chiens. Deux dobermans sur le perron de la maison. Bardolo nous attend. Il porte une sorte de battle-dress coupé sur mesure. Très seyant.

— Bienvenue dans cette clinique modèle... Inspecteur Benamou, j'imagine.

— On ne peut rien vous cacher.

Il nous emmène dans son bureau. Les dobermans nous suivent. Je n'ai rien contre les bêtes. Mais je préfère les piafs de Cohen. Il faudra que je demande ce que Liou a foutu avec le perroquet et le mainate. Le bureau est orné de trophées de chasse. De photos de Bardolo en médecin militaire. Par la fenêtre je regarde une nouvelle fois Biribi. C'est chouette, Biribi. Je risque une question.

— Vous n'avez jamais d'accidents avec ce traitement ?

— Jamais... Je fais un électrocardiogramme avant d'accepter un curiste. Après, ils sont ravis. Ils en redemandent. Ils reviennent. Le travail est une valeur saine. La cure provoque un double effet : l'amaigrissement est garanti. Et sur le plan psychologique, c'est excellent !... Mais vous n'êtes pas là pour la cure... Vous espériez que l'assassinat d'Ariel Cohen fasse ressortir ce bon vieux dossier cher à l'inspecteur Liou Pin. J'ai un non-lieu. Je n'ai pas tué mon fils. On l'a enlevé. Il paraît que ma femme a disparu... Je vais donc relancer ma plainte. Marie a enlevé le gamin pour en faire un bon petit youpin. Et elle est partie le rejoindre.

J'esquive. Je demande à Bardolo de justifier son emploi du temps. Mais ça ne sert à rien. Il a des alibis pour chaque minute. Mon œil se pose tout de même sur un casque de motard. Un casque intégral, noir.

— Vous circulez à moto ?

— Toujours ! J'ai une Kawa 1000. Mais j'ai gardé ma vieille BMW. On a rien fait de mieux que la mécanique allemande. Le moteur flat-twin 650, c'est pas très nerveux mais c'est increvable.

— Vous détestiez Cohen ?

— Je ne vais pas mettre de fleurs sur la tombe des amants de ma femme... Celui-là, c'était le meilleur. Plus jeune qu'elle. Israélien et gauchiste, avec ça ! Tout pour me plaire.

Je sens Liou Pin très agacé. La morgue de Bardolo est insupportable. Et il continue.

— Alors, vous croyez que je l'ai tué. C'est vrai, j'ai pû passer en moto devant la maison. M'arrêter, sortir mon PM, tirer une ou deux rafales et filer par l'autoroute. Je l'aurais fait avec plaisir, figurez-vous... Mais visiblement, on m'a enlevé ce plaisir. Peut-être était-ce un des nombreux amants de Marie !... Tenez, il y a quelque temps, elle fréquentait beaucoup un autre de vos coreligionnaires... C'est une manie chez elle. Celui-là, c'est son avocat... Maurice Bernstein. Vous le connaissez ?

Mais en quoi ça le regarde ? Je fréquente qui je veux. J'ai un beau-frère depuis hier soir et Bardolo me raconte déjà qu'il trompe ma sœur. Debby, ne l'écoute pas. Je sais qu'il ment. J'ai été un peu sec avec Maurice, mais je suis content de savoir que tu n'es plus seule. Je laisse Bardolo pérorer.

— Il a fricoté avec les fellaghas, ce Bernstein. Comme Cohen avec l'OLP. On dirait vraiment qu'ils ont la trahison dans les veines ! Bernstein, c'est normal. Les juifs de l'Est sont comme ça. Cohen, c'est plus surprenant. Vous savez, j'ai longtemps pensé qu'une fois en Israël, le juif pouvait changer. Tout homme a besoin de racines...

— Arrêtez ce cirque, Bardolo. Vous pouvez me jouer toute la partition, ça ne me fait ni chaud ni froid. Je connais... Qui était sur votre moto, hier matin ?

— Je n'ai pas bougé d'ici et ma moto était dans le garage.

— Vous mentez... Vous vous êtes glissé dans le jardin de Cohen. Vous vous êtes allongé sur le sol et vous avez attendu. Vous avez tiré deux rafales pendant qu'une moto couvrait le bruit du PM. Vous avez ensuite contourné la maison, pris le petit chemin pour aller récupérer une autre moto... Ou une voiture.

— Oui.. Je crois que je m'y serais pris comme ça. Mais il y avait d'autres moyens. Je connais des skinheads qui ne se feraient pas payer très cher pour se farcir un youpin, sauf votre respect... inspecteur. Mais, cette fois, on m'a pris ma victime !

— Cette fois ?... Intéressant, Bardolo, intéressant !

Je sens qu'il va me faire le coup de Jouvet dans « drôle de drame ». J'ai dit cette fois, moi ? Mais ça ne marche pas quand c'est pas bizarre. Et puis le toubib est un cynique. Je découvre ses yeux gris argenté. Je croyais que ça n'existait que dans les SAS et les descriptions de l'aryen parfait, version manuel d'anthropologie de l'université de Heidelberg, édition 1937.

— En cherchant bien vous me trouverez d'autres victimes... Mais pas le petit Philippe... Mon fils. J'ai la chose jugée pour moi. Je ne l'aurais jamais laissé à sa mère, cette pute. Vous devriez la retrouver... Un bon coup pour vous ! Elle ne baise qu'avec la compagnie des sécateurs ! Ah les youp'... Allez-y, coffrez-moi ! Délit d'antisémitisme ! Oui, monsieur, je suis antisémite. Viscéralement. Froidement. Vous voulez que je vous fasse un peu d'apologie des crimes contre la prétendue humanité... Mais regardez votre face, Benamou ! Et ça représente la police française !

Je reste insensible à ces provocations. En apparence. Je comprends pourquoi Liou Pin tenait à me montrer ce spécimen. Liou a une capacité au silence qui me calme. Il fixe tranquillement Bardolo. Il ne le quitte pas une seconde des yeux. Il y a quelque chose qui passe. Faudra que je m'intéresse au Bouddha, un de ces quatre. En attendant, je ne répondrai pas à Bardolo. Je ne dirai rien. Je vais essayer de faire peser du silence. Ce n'est pas ma méthode préférée, mais on se fait à tout.

Je marche nonchalamment dans le bureau. Je m'arrête devant la bibliothèque. Il y a là les œuvres complètes d'Alexis Carrel, le Pléiade de Louis-Ferdinand et toutes les éditions de l'œuvre immortelle d'Henri Coston. Un guide du pouvoir judéo-maçonnique constamment remis à jour. Sur une étagère un gosse de cinq ans sourit sous son béret de para. Un béret vert. Je les reconnais. Ils patrouillent dans la Casbah. Ils emmènent des gens. Il y aura des corvées de bois, cette nuit. Ils défilent près du gouvernement général. Les pieds-noirs applaudissent. Il y a des papiers qui volent. Des papiers que l'on jette par les fenêtres. Ils chantent les Africains. Qui revenons des colonies où nous avons défendu la patrie ! Il va falloir partir. L'air d'Alger est irrespirable.

Reste ici, Benamou. Reste à Tourette. Oublie Alger.

Je regarde la photo du gosse. Une idée me traverse la tête.

— Il ressemble vraiment à Ariel Cohen, ce gamin. Lèvres épaisses, nez busqué. Le lobe de l'oreille est un peu masqué par les rubans du béret mais on voit bien qu'il est pendant... Comment se fait-il que vous avez mis si longtemps à vous en apercevoir ? On croirait une de ces photos de l'exposition « Le juif et la France » !

Bardolo se contient avec peine. J'ai trituré la bonne corde.

— Vous vous trompez, inspecteur... J'ai longuement réfléchi à cette question...

Le toubib tire un gros livre de sa bibliothèque. Un savant traité d'anthropométrie des races publié à compte d'auteur par un génie méconnu. Entre les pages, il y a des photos et des radios du gosse. De face, de profil. Bardolo a tracé des traits et relevé des cotes. Le lobe de l'oreille, les lèvres et le nez ont été mesurés au millimètre près. Bardolo étale les clichés sur la table et se lance dans une longue démonstration tendant à prouver sa paternité de manière irréfutable. Puis il tire une autre série de photos d'un tiroir.

— Mon fils a dix-sept ans, cette année... Voyez ce qu'ils en ont fait, monsieur l'inspecteur !

Je regarde les photos. Il y a des orangers et un groupe d'adolescents. Un visage encadré d'un trait de crayon feutre. Le même visage agrandi à partir d'un tirage papier. Le résultat n'est pas d'une qualité exceptionnelle mais on peut déceler une ressemblance.

— J'ai retrouvé Philippe... Ils me l'ont enlevé et ils l'ont caché dans un kibboutz sous une fausse identité ! Je vais donc relancer ma plainte pour enlèvement et séquestration d'enfant !... Avec des preuves, cette fois !

— Ce ne sont pas à proprement parler des preuves... Mais cela fait un sérieux mobile pour notre meurtre !

Je n'aime pas du tout le sourire de Bardolo.

— Allons, inspecteur. La radio rapporte vos exploits ! Vous avez vos coupables !... Quant à moi, je vais demander au gouvernement français d'intervenir pour que l'Etat d'Israël me restitue ma progéniture... Je crois que ça va faire du bruit !

— Vous bluffez, Bardolo... Ces photos ne prouvent rien !

Je voudrais qu'il soit coupable mais pour Ariel Cohen, j'ai déjà tout ce qu'il me faut. Je me contenterai donc d'une convocation officielle et prudente.

— Docteur... Votre femme a disparu, son amant a été assassiné... J'aimerais vous entendre comme témoin...

— Mais qu'à cela ne tienne. Posez donc vos foutues questions !

— Non. Pas ici. Je voulais juste voir votre clinique. Venez plutôt à mon bureau. Voyez-vous, je préfère que les choses soient officielles. Qu'il y ait du papier réglementaire, avec une marge pour les observations. Que l'on puisse regarder ensemble les photos et les objets ramassés au cours de l'enquête. Tu as un petit carnet à souche pour les convocations, Liou ? Voilà, très bien. Il y a une en-tête. Ministère de l'Intérieur. Service régional de police judiciaire. Très bien. Disons tout à l'heure. Dix-sept heures trente... Motif... Affaire vous concernant. A tout à l'heure, docteur, à tout à l'heure.

Je colle le papier dans la main de Bardolo qui me regarde d'un air ahuri et j'entraîne Liou sur le chemin de terre. Je regarde les forçats qui peinent. J'ai bien fait de ne pas me déguiser en curiste. Je l'aime bien, ma bedaine. Près du parking sur lequel nous avons laissé la Clio, il y a une porte de garage que je n'avais pas remarquée en arrivant. Une double porte de bois entrebâillée. J'entre là-dedans avec Liou. Il y a bien une Kawa 1000 et une BMW 650. Des pièces mécaniques. Des pneus. Un garage quoi. Une sorte de troglodyte, à flanc de colline. L'œuvre des curistes, sans doute. Je reconnais que le doc possède un certain sens des affaires. Allez, Liou, on rentre. Cette fois je conduis. Je n'ai plus rien à boulotter. Par acquit de conscience, je demande à Liou Pin ce qu'il pense des photos. Mais rien ne saurait ébranler les certitudes du Chinois. Même si on lui amenait les empreintes digitales de l'adolescent du kibboutz, il croirait encore à l'assassinat de Philippe Bardolo. Il démontrerait que la police scientifique fait fausse route depuis plus d'un siècle, qu'il n'y a pas d'identification possible. La ressemblance est pourtant troublante. Au fond, j'ai suffisamment d'éléments pour boucler l'affaire et le devoir m'impose de surmonter ma répulsion. Je devrais même aider Bardolo à identifier définitivement le kibboutznik.

Au troisième ou au quatrième virage, Liou Pin se frappe le front.

— Chef ! Le garage !... J'en suis sûr... c'était de la terre battue. Il y a une dalle de béton.

— Liou... Depuis le temps que tu fouines autour de Bardolo, tu as tout retourné. Tout.

— Vous ne comprenez pas. Je l'ai toujours vue, cette dalle de béton. Je suis certain qu'avant, il y avait de la terre battue.

— Mais quand, puisque tu as toujours vu le béton !

— Je viens de voir la terre battue. Je viens de la voir. Je me suis concentré. Un instant. A cause du mainate. Dans la boutique, il sifflait la Hatikva, vous vous souvenez ? A la maison, il chantait autre chose. Je t'attendrais à la porte du garage... Alors, au lieu de jeter seulement un petit coup d'œil, je me suis concentré. J'ai vu le lieu avant le meurtre.

— Il y a des kilomètres de collines désertes. Des bois. Du maquis. Des friches.

— Non, chef. Vous avez tort. On a fait une battue monstre. Tout un escadron de gendarmerie. Les sapeurs pompiers. Des volontaires. Et puis, ici les collines ne restent pas longtemps désertes, vous le savez bien. Les constructions gagnent l'arrière-pays. Un petit incendie et les promoteurs arrivent pour faire un lotissement avec piscine. Il n'y a pas un coin de terre que l'on puisse déclarer inviolable dans tout le département des Alpes-Maritimes. Les sites classés, les terrains dangereux, les surfaces agricoles, tout finit par y passer. Il n'aurait pas pris le risque d'enterrer le corps sur un de ces terrains voués aux pelleteuses, aux villas et aux lotissements. La meilleure méthode pour escamoter un cadavre, c'est le béton. C'est la seule chose qui soit inviolable par ici !

Ça se tient, le raisonnement ! A mesure que nous descendons vers Nice les lotissements et les villas se multiplient. Ils en ont foutu partout. Ils ont trouvé de l'eau pour les piscines dans des coins où les paysans n'en trouvaient jamais assez pour les courgettes et les aubergines. A certains endroits, il y a des pelouses de gazon gras, comme en Normandie. Liou insiste.

— On a creusé dans les caves, mais jamais dans le garage !

— Pourquoi Cohen a-t-il fait chanter ça au mainate ?

— Justement... Il venait de trouver... Il attendait l'occasion de vérifier. Il ne voulait pas me le dire avant d'en être certain. Il était comme ça. Jamais d'hypothèse à haute voix. Il avait trouvé, Bardolo s'en doutait... Ecoutez, pendant que le toubib est à la boîte, j'investis la clinique. Je prends une grosse équipe. Et on défonce le sol du garage.

— Demande la permission au juge !

Liou Pin empoigne le téléphone portable. A l'autre bout, je parierais que le guignol n'apprécie pas. Le Chinetoque argumente. Patiemment. Je crois que ça marche.

A la boîte Gambotti se met à vociférer quand Liou réclame une bonne douzaine d'hommes et un marteau-piqueur. Mais puisqu'il y a un mandat en règle, il cède. Je monte décrocher Lioubtchansky. Il suffoque. Il est décomposé. Je le pose sur une chaise. Il tient à peu près. Mais tout juste. Il réclame à boire. Je me méfie. Un souvenir d'école. L'Espagnol de l'armée en déroute. Le général Hugo. Ne jamais se précipiter pour donner à boire à un adversaire. Grand humaniste, Hugo. Fallait être gonflé pour se vanter des exploits de papa en Espagne. Ce héros au sourire si doux. Ah, la douceur des Français en Espagne !

Le rabbin dealer semble avoir envie de causer. On croirait qu'il est en manque de sermons. Toute l'histoire est là. Camé à mort, trafiquant, il se réfugie dans une yéshivah. On le désintoxique. Drogue de substitution, la religion à haute dose. Un petit manque de prières, de cantiques et de sermon et il a l'air d'un pensionnaire d'Olivenstein à qui l'on refuse la méthadone.

— Inspecteur... Ce n'est pas Siksou qui a tué... Mais ce n'est pas moi non plus. Nous avions prié, c'est vrai. Et nous avons préparé les repérages. Mais quelqu'un a fait le travail à notre place.

— Sans vous prévenir ?

— En nous prévenant. Nous sommes complices. Juste complices. Un goy est venu me voir.

— Arrête ton cirque, Thelonious ! Tu veux un condé pour éviter l'extradiction, c'est ça ? A quoi ressemblait le type qui est venu te voir. A ça ?

Je fouille dans le tiroir, je sors une photo de Bardolo. Ce n'est pas lui. Martin Thelonious ne l'a jamais vu.

— Il était beaucoup plus jeune. Dans le genre skinhead, si vous voulez...

— Et toi le rabbin, tu traitais avec ces gens-là ?

— Il a payé les renseignements... Assez cher.

Je n'en tirerai rien de plus, mais ça prend forme. Le doc a dû recruter des petits voyous, nazillons sur les bords. C'est fastoche à retrouver. Surtout si je le fais craquer. Je donne quand même à boire au rabbi. Je le garde pour complicité. Je lui filerai peut-être son condé plus tard, s'il m'aide à retrouver les tueurs. Je vais reprendre l'interrogatoire de David Siksou. Je prends un PM saisi dans la villa, j'engage un chargeur vide et je boucle le cran de sécurité. Quand Liou m'amène David, je défais les menottes et je colle l'arme dans les pattes du gosse.

— Dans quelle position as-tu tiré ?

— J'étais allongé, je vous l'ai dit... N'essayez pas de me sauver, monsieur Benamou... Je ne veux pas vous attirer des ennuis !

— Allonge-toi !

David obéit. Il ne la connait pas, la position du tireur couché. Il ne pense pas à prendre appui sur ses coudes. Sa main est bloquée sous l'arme.

— Dans cette position tu n'aurais tué que des asticots et des criquets... le canon est au ras du sol. Défais donc le cran du sûreté pour voir !

Le môme cherche désespérément de ses doigts. Il se relève piteusement. De grosses larmes coulent sur ses joues.

— Vous allez tout mettre sur le dos de notre pauvre Rabbi...

Je pousse le dossier Martin Thelonious devant lui. Histoire de l'édifier côté saint homme. David se décompose en lisant la liste des crimes imputés à Lioubtchansky. Je regarde son visage d'adolescent. A son âge, il m'est arrivé de tomber de haut, je m'en souviens. Je faisais une tête comme ça, moi aussi. Comment s'appelait-elle déjà ? Cathy. Oui c'est ça. Une perle. La femme de ma vie ! Ma bien-aimée. Je lui avait écrit une chanson à celle-là ! C'est quand je l'ai vue avec ce gros type suifeux, dans un coupé Mercedes 300 SL... Elle m'a dit : Sam, c'est pas pareil, toi je t'aime, mais la vie, tu comprends... Non, je ne comprends toujours pas. Ce n'était plus la même. Je me souviens de deux filles différentes. Ça lui fait comme un chagrin d'amour, au petit. Il s'est enfermé en religion, loin des gonzesses, il croyait vivre une grande aventure spirituelle et il a quand même été floué !

— C'est incroyable... Je me suis tourné vers Dieu pour fuir la vie futile de mon père... Le jeu, l'argent, la frime... Mais ce type est pire que lui !

Je déchire les aveux. Le gamin me regarde d'un œil réprobateur.

— Vous allez me libérer ? Mais j'ai vraiment accepté d'être complice !

— Tu as été manipulé. Tu vas sortir sous tutelle psychiatrique... Dès que tu m'en auras dit un peu plus sur les « indications » et sur les « assassins ».

David Siksou regarde fixement la photo sortie de l'imprimante. Lioubtschanski, narco-trafiquant !

— J'ai tant appris de lui... J'étais venu pour étudier le Talmud... J'avais rencontré des hassidim l'été dernier, en Toscane. C'était dans un patelin de l'arrière-pays... A Camaïore, exactement. Je n'avais guère fréquenté la synagogue depuis ma bar-mitzvah... Et puis, en pleine montagne, j'avais marché, seul... J'en avais un peu marre des vacances avec les parents, la plage, Forte de Marmi, l'hôtel... J'ai voulu marcher. Et dans un bistro perdu... je vois un rabbin. J'ai eu l'impression qu'il regardait mon assiette de jambon de Parme... Je l'ai défié. Nous avons parlé. Et il m'a emmené dans la maison. C'était celle d'un sculpteur juif, Lipschitz... A sa mort, il l'a léguée aux hassidim... Il s'est passé quelque chose dans cette maison. Il y avait des enfants penchés sur les livres. Le rabbin m'a donné une adresse à Nice... En rentrant de vacances, j'ai commencé à fréquenter le groupe du boulevard Tsarévitch. Et je suis resté chez eux. Je me sentais bien... Jusqu'à cette histoire.

— T'appelles ça une histoire ? C'est un crime !

Le petit Siksou baisse la tête pour cacher ses larmes. Il a passé près de six mois sans sortir de la maison, les yeux rivés sur les livres d'étude et de prière. J'essaye de le pousser à sauter les étapes mais j'ai droit à tous les détails de la vie hassidique, jour après jour. Il semble même que sa notion du temps soit quelque peu brouillée. Il n'a plus d'autres repères que les fêtes juives et les jours de jeûne.

— C'était après le shabbath qui précède le deuil du Temple. Le rabbi m'a annoncé que nous avions reçu une mission... Il fallait aider la main de dieu... Il m'a emmené dans la maison du... traître... maintenant, je ne sais plus... mais il le nommait ainsi... Et j'ai promis de me charger du crime si la police s'en mêlait...

— Tu veux dire que vous n'avez même pas fourni d'indications ?

— Non... pas à ma connaissance. Nous avons seulement pris la faute sur nous pour la justice des hommes...

— Tu veux dire que ton rabbi t'a vendu...

— Je crois que vous avez raison... Je l'ai suivi aveuglément. En entrant dans la maison du rabbi, chacun de nous devait se dépouiller de ses vêtements et de son nom. Il nous nommait pou renouveler l'Alliance. J'aurais pu garder le nom de David. Mais il a voulu que je sois...

— Joseph ! D'une certaine façon, tu as eu de la chance... Imagine qu'il t'ait nommé Daniel !

J'en sais assez pour mettre fin au supplice de David-Joseph.

Et Lioubtchansky qui espérait un condé ! Il n'a pas fourni de renseignements aux tueurs. Il leur a juste vendu son frère pour les couvrir. Et il se trouve que son frère est aussi mon petit cousin. Ce sont des choses qui ne se pardonnent pas chez nous. Je fais ramener Lioubtchansky une dernière fois, juste pour me détendre. J'espère que Liou ne se plante pas. Qu'il y a autre chose que la terre sous cette foutue dalle. En attendant, je me défoule un peu sur le barbu en lui récitant des morceaux choisis.

— Tu subiras la famine et ta descendance sera réduite en esclavage, car tu as vendu ton frère Joseph... Dis-moi... Quel était le prix ? Vingt pièces d'argent ? Des brebis ? Du blé ?

— Nous avions besoin d'armes pour notre retour en Israël.

— Parfait... Tu as gagné ton retour aux Etats-Unis...

Le cousin Siksou explose de joie quand je lui demande de récupérer son rejeton. Il me promet de le désintoxiquer à toute vitesse. De lui apprendre la vie. Quand tout sera fini, on se fera une fête d'enfer, Fred, comme autrefois. T'as la nouvelle Golf GTI ? Décapotable ? Les affaires marchent alors ! On ira guincher à Antibes. Les rues d'Antibes. Bechet. Et Armstrong. On les chauffait sur *Saint James Infirmerie*, ça suivait sur *Saint Louis Blues* et on roulait la première pelle sur *Petite Fleur*. Faut qu'il apprenne ça, ton David. Une gonzesse, la tête dans les étoiles, quand t'imites les saxo sur un truc bien chaud. Tu prends une voix douce... Un faux accent amerloque. Si les fleurs qui bordent les chemins...

Je ne sais pas qui a prévenu Gambotti de ma décision. Il déboule en trombe dans le bureau.

— Benamou, si tu relâches ton coupable, je te retire l'affaire !

Je tente de lui expliquer qu'on ne peut pas garder un innocent qui se trouve dans un grave état dépressif. J'accepte seulement de le faire accompagner en ambulance, histoire de sauver la face du patron. Simple formalité. Le patron suffoque. Je crains fort d'avoir à commander une seconde ambulance. Surtout lorsque je lui demande de retenir Martinez le plus longtemps possible dans son bureau. Parce qu'il est là, Martinez. Il fouine, il rôde. Mais, malheureusement, la bécane de Liou refuse de me livrer le rapport balistique.

C'est pas le tout. Il faut absolument que Debby me mette en rapport avec la Marie-Myriam avant l'arrivée de son ex. Je veux savoir à quoi ressemblait le garage avant le meurtre. Naturellement, elle m'envoie paître, la frangine. Je ne l'impressionne pas. Il n'y a rien à faire, c'est elle la chef. Je la dérange. Il y a une cliente qui essaye des parures complètes, haut, bas, jarretelles. Je me ferais bien une petite partie de jarretelles. Puisque c'est comme ça, je vais appeller Maître Bernstein. Un petit service, en famille, il ne peut pas me refuser ça ! Et je lui veux aucun mal à cette Marie-Myriam ! Il jure qu'il va rappeler.

Le toubib arrive presque en avance. Je n'en demandais pas tant. J'espère que Liou a investi la place, maintenant. Que Bernstein va me ramener le tuyau. J'indique un siège au doc. Je fais semblant de classer mes paperasses. De lire une déposition.

— Voulez-vous que je revienne plus tard, inspecteur, je crois que je vous dérange...

— Non, non... Figurez-vous que je relisais une déposition... Oh, juste un petit voyou qui prétend que vous l'avez payé pour flinguer Ariel Cohen. Mais que vaut le témoignage d'un voyou en face d'un homme comme vous ? Médecin, propriétaire d'une clinique...

— Je ne vous le fais pas dire !

Il est encore sûr de lui. Ses tueurs doivent être très loin. Très très loin. A moins que... Chez lui. Les surveillants en treillis ! Bon dieu. Le numéro de ce foutu portable !

— Surtout ne bougez pas, Bardolo...

Je file dans la pièce à côté. J'ai la voix de Liou dans un bruit de marteaux-piqueurs. Tout va bien. Il cherche. Je n'ai pas besoin de lui dire de bloquer tout le monde à l'intérieur de la propriété, c'est déjà fait.

— A quoi jouez-vous inspecteur ?... Cet acharnement peut vous coûter cher.

— Je sais... Je sais, vos relations, le maire, le préfet, l'autorité de la chose jugée et tout ce que vous voulez ! Mais qui me reprocherait de tout vérifier avec un soin méticuleux ? Je suis un fonctionnaire, voyez-vous... Je n'aime pas qu'un dossier demeure incomplet.

Mon bigophone design clignote. Bernstein me file un numéro à Herzlia. Pourvu qu'on ait droit au 19. C'est bon. J'ai la voix de Marie.

— Vous en êtes certaine ? Répétez-le-moi.. Non... attendez... un instant.

Où elle est cette touche haut parleur ? Voilà. Je surveille Bardolo. La voix de Marie est claire, bien amplifiée... Et quelle voix ! Avec ce genre de fille, on passerait des heures au téléphone !

— Je suis affirmative. Le sol du garage était en terre. Quand il y avait des orages, c'était même impraticable !

— Quand avez-vous quitté votre mari ?

— Une semaine avant la disparition de Philippe... J'ai d'abord pensé que l'enlèvement était une sorte de chantage... Mais Charles m'a téléphoné le lendemain... Il s'est vanté de l'avoir tué pour ne pas laisser son héritage à un bâtard de youpin...

— Vous n'êtes jamais retournée à la clinique depuis votre séparation

— Jamais... Je n'ai jamais aimé cet endroit...

— Et vous n'avez jamais vu de dalle de béton dans le garage ?

— Non, jamais... je vous l'ai dit, inspecteur.

Bardolo ne peut s'empêcher de gueuler. De balancer une bordée d'injures. Salope. Suceuse de youp. Cette fois je m'autorise une torniole.

La voix de Marie résonne dans le haut-parleur.

— Tu es un monstre, Charles... Mais tu ne me fais plus peur. Sais-tu où je suis ?... Protégée dans un lieu que tu vomissais tous les jours...

— Philippe est avec toi ! hurle Bardolo. J'en suis certain... Tu veux me coller le meurtre de mon fils sur le dos ! Mais tu l'as enlevé ! Tu l'as emmené en Israël ! Tu en as fait un youpin !

— C'est malheureusement faux... Inspecteur... Moi aussi, j'ai cru pendant quelques jours que Philippe était vivant... Je soupçonnais Ariel... Mais maintenant, j'ai tout vérifié.

Je coupe l'amplificateur pour entendre Marie me jurer qu'elle n'a jamais revu son fils et qu'elle est convaincue de sa mort. Le jeune homme de la photo a toutes les raisons de ressembler à Philippe Bardolo. C'est un neveu d'Ariel et Marie me jure qu'une mère ne saurait se tromper et qu'il y a, de surcroît, un léger détail qui ne saurait laisser planer la moindre ambiguïté... Pendant ce temps, le doc cherche à retrouver son cynisme et son sang-froid.

— Docteur, vous n'allez tout de même pas prétendre que votre fils était circoncis ?

— Vous ne m'aurez pas avec ça... Marie n'a pas eu le temps de le foutre à poil... Ou alors, c'est un inceste, ce qui ne serait pas surprenant !

— Elle a seulement eu accès à son dossier médical...

— Vous voulez que je croie un dossier israélien...

— Si vous y tenez, je ferais procéder à une contre-expertise.

— C'est quand même la moindre des choses ! Vous n'avez toujours rien. J'ai bien le droit de refaire mon garage. Elle vous l'a dit que c'était impraticable, avec les orages !

Je ne dis rien. Je le regarde avec un grand sourire. Mais je crève d'inquiétude. Et si Liou ne trouvait rien ? Je me suis laissé convaincre par ses certitudes. Il n'y a peut-être rien sous ce foutu béton. Et si Bardolo n'avait enterré que des cendres ? Il nous faudrait passer des mètres cubes de terre au peigne fin avant de trouver la moindre particule accusatrice. Le temps s'écoule et le téléphone demeure muet. J'essaye de me pénétrer de la théorie de Liou Pin. Pour lui, Bardolo est un maniaque absolu. Il a gardé quelque chose du corps. Une trace ou même un des vêtements que l'enfant portait le jour de sa disparition.

La confirmation va venir. Je le sais. La loupiote clignote enfin. J'ai Liou Pin en ligne. Il triomphe tristement.

— C'est terrible... Les ossements... Ce qu'il en reste... Il avait essayé de brûler le corps. Mais il n'y a aucun doute. C'est le squelette d'un enfant de douze ans. Il y a toujours les dents. Le labo va comparer avec les empreintes dentaires retrouvées chez Marie... Mais il n'y a plus de doute.

Je passe les menottes à Bardolo qui commence à perdre un peu de son arrogance. Il n'a aucune envie de signer des aveux, mais je n'en ai pas besoin.

— Vous n'auriez pas dû descendre Ariel Cohen... Cette foutue dalle de béton aurait gardé son mystère...

— Mais je n'ai pas tué ce Cohen, insiste Bardolo... Je vous jure que je ne l'ai pas tué !

— Comme le gosse... Vous avez nié pendant des années... Mais cette fois... perpète pour perpète, un crime de plus n'y changera rien !

— Vous me collez ce crime sur le dos parce que le coupable appartient à la compagnie des sécateurs ! Je vous aurai, Benamou, je vous aurai !

— Allez, gueule... En taule, tu la boucleras vite... Les voyous n'aiment pas les assassins d'enfants... Et ton coupable de location a tout raconté !... Tu t'es encore fait avoir, Bardolo ! Mais tu ne devrais pas essayer de faire des affaires avec nous autres !

Le regard de Bardolo se fait terrifiant ! J'insiste.

— Tu voulais acheter un juif ! Un coupable payé ! Ils t'ont grugé, floué, tondu !

Je ne tire rien d'autre qu'un délire. Sur le gosse d'abord. Sur ce bâtard qui devait recueillir l'héritage. Sur Ariel Cohen, ensuite. Un coup simple. Abattre un homme et disparaître... Bardolo conduisant la Kawa, un homme à l'arrière, quelques coups de feu. Mais Martinez avait eu l'idée du contrat. Un contrat pas comme les autres. Acheter un homme, non pour qu'il tue, mais pour qu'il se couvre du meurtre. Il en avait un peu trop fait, Martinez, en balançant les douilles dans le jardin.

J'envoie le toubib en cellule. Un peu de placard lui fera du bien.

Et Liou va m'amener les gorilles de la cure. Il suffira d'en faire craquer un ou deux et nous saurons qui se trouvait sur la moto avec Bardolo. Mais il me reste un petit compte à régler. J'entre sans prévenir dans le bureau de Gambotti. Le vieux m'a écouté, il a retenu Martinez avec une bouteille de scotch et une conversation dont j'ignore tout puisqu'elle s'arrête dès que je franchis la porte.

— Patron, c'est quoi déjà la procédure pour faire plonger un collègue ?

Gambotti demeure impassible, comme s'il attendait ma question.

— Ici, la procédure est simple... C'est la mutation immédiate du fauteur de trouble ! Naturellement j'entends par fauteur de trouble celui qui attente à l'honneur de la police en accusant ses collègues !

— Vous n'avez pas bien compris, monsieur le divisionnaire ! Le commissaire Martinez a disposé de fausses pièces à conviction en plaçant dans le jardin des douilles qui ne venaient pas de l'arme du crime.

Martinez me jette un sourire méprisant. Je n'aime pas du tout ça. Et je n'aime pas non plus le paternalisme de Gambotti qui se dirige vers moi et me pose la main sur l'épaule.

— Sam... c'est toi qui n'as pas compris ! J'ai longuement parlé avec notre collègue. Il a juste commis une petite faute de service. Il a oublié de faire établir un rapport balistique et toi, tu n'as pas trouvé de douilles...

— Bardolo s'était acheté un coupable... Avec la complicité de Martinez ! Lioubtchansky a avoué...

— C'est vrai... mais moi aussi je lis les rapports d'Interpol... Et la parole d'un trafiquant de drogue contre celle d'un commissaire de police, ça ne vaut rien. Tu risques même de gâcher ta victoire ! Personne ne te suivra si tu mêles nos petites affaires internes au double crime du docteur Bardolo ! Tu veux qu'on l'acquitte une nouvelle fois ?

— Je ne marche pas dans votre combine ! C'est un marchandage indigne de la police nationale !

— Tout de suite les grands mots, Sam ! Bé, justement, la police nationale ne peut pas s'offrir un scandale. Donc, le Martinez, il a rien vu, rien fait. Et c'est ton intérêt, parce que ton cousin Siksou, il vaut mieux qu'il oublie cette histoire ! Quant à toi, tu as accepté de traiter une affaire alors même que tu avais des liens de famille avec un suspect et d'autres liens avec l'avocat d'une autre suspecte. Tu as voulu Bardolo, tu l'as eu. Le reste n'a jamais existé, c'est vu ?

Je ne vais tout de même pas accepter la main que Martinez me propose. Grand seigneur, il a perdu, il me laisse présenter mon coupable à la justice. Mais il n'y a jamais eu de combine. Jamais. Mon regard méprisant suscite une sorte de rictus sur le visage de Martinez, une torsion de ses lèvres trop minces. La main que je refuse gagne machinalement le crâne et remet en place une mèche qui, par miracle, avait échappé au gel. Gambotti souffle en s'approchant pour me peloter l'épaule. Non, il ne se passe jamais rien dans la police niçoise. On imagine difficilement un fonctionnaire protégeant un criminel. Je n'ai pas d'issue. Je vais garder le silence, au moins provisoirement. Quelque chose se colle entre ma gorge et ma poitrine. Une boule qui m'empêche de respirer ! Le petit Siksou devait sentir ça tout à l'heure, en découvrant l'identité de son gourou. Moi, je ne découvre pas. Je connais la maison. Ma maison. Un peu de patience, Benamou !

Gambotti souffle toujours. Je sens ce parfum du midi, tout près de moi. Un parfum d'anis. Et j'ai droit au murmure paternel.

— Encore une affaire ou deux, Sam, et tu seras parfaitement adapté aux méthodes locales...

Je retiens un mot du genre « ça m'étonnerait ». Un mot inutile que Gambotti ne comprendrait pas. Il a préservé l'essentiel, la réputation de la police et les parties de pêche sur le bateau de Martinez. Je salue respectueusement mon supérieur.

Pour moi, c'est fini pour ce soir. Je vais monter voir la grande sœur. Me faire une virée sur la Côte. Je sors de la préfecture, en jetant un dernier regard sur le pauvre Jean-Toussaint Gambotti. Demain le pastis, demain, c'est promis. J'ai quelques pas à faire pour voir ce que je veux voir. C'est tout près. Ici, ce n'est pas la Promenade. C'est le quai des Etats-Unis. Il commence à l'endroit où le goudron rose s'arrête pour laisser place à de petits carreaux ocres, à la hauteur de la plage Beau-Rivage. Il s'en va vers le port. Oui, c'est cela, le port. Je veux voir les bateaux qui arrivent d'Alger. Les pieds-noirs avec leurs balluchons. Je suis sur le môle. C'est la première fois que je vois la mer de ce côté. La métropole ! Il y a des larmes. Et Siksou, jovial. Une nouvelle vie commence. Avec des baraques en bois pour guincher sur la plage de Villeneuve-Loubet. Viens, Fred, on va voir s'il y a des Suédoises. Des grandes blondes, on leur plaît, nous autres, aux grandes blondes, aux Ingrid de la Côte. La ville a seulement un peu vieilli. Le port est calme ce soir. Tout juste une petite agitation autour du Sampiero Corso. Je vais marcher sur la jetée. Je donnerais cher pour entendre le plus ringard des yéyé dans un juke-box. Tiens, même le plus nul de tous. Le Niçois. Dick Rivers !

Cet ouvrage a été composé
par Nord Compo, Lille.
Reproduit et achevé d'imprimer sur Roto-Page
par l'Imprimerie Floch à Mayenne
le 28 avril 1997.
Dépôt légal : avril 1997.
Numéro d'imprimeur : 41474.

ISBN 2-07-049481-0 / Imprimé en France.

69296